SoRRY
ABouT
Your
WALL

아는 척

최서경 장편소설

문학동네

차례

0. 대수롭지 않은 시작 · 007

1. 왜 스스로에게 그렇게 가혹하게 구는 거지? · 013

2. 예쁘게 좀 봐 주세요 · 043

3. 나는 수줍게 웃으며 속으로 말했다, · 085
좆 까세요

4. 아름다운 것 같기도, 흉측한 것 같기도 · 111

5. 우리는 춥지 않다 · 171

작가의 말 · 178

대수롭지 않은 시작

:박

우리는 종종 이런 식으로 만났다. 이런 식이라는 것은 지나다니는 사람이 한 명도 없는 캄캄한 새벽 으슥한 아파트 놀이터에서 몰래, 라는 뜻이다. 그날도 마찬가지였다. 평소와 똑같았다. 그러니까 좀 더 구체적으로 말하자면, 윤은 나에게 담배를 권유하고 있었고(권유라고 쓰고 강요라고 읽어야 한다) 나는 거절하고 있었다.

　"아, 한 대만 피워 보라니까. 존나 좋다고!"

　윤이 나한테 헤드록을 걸면서 내 입에 막 담배를 처넣으려고 했다.

　"저리 치워! 너 지금 그 유독 물질을 내 입에 넣으려는 거야?"

　"피워 보고 말해, 멍청아."

　"그런 거 피우면 죽어!"

　내가 정색을 하며 시동을 걸자마자 윤이 귀를 막았다.

"이 새끼 또 무슨 잔소리 하려고."

"친구야, 담배는 백해무익한 것으로 청소년기에 피우기 시작하면 습관성 중독으로 이어질 수 있어. 담배가 피우고 싶을 때는 운동을 한다거나……."

"나 운동 싫어해, 이 답답아."

우리가 서로의 엉덩이를 발로 까며 실없는 장난을 치고 있을 때, 강은 혼자 고고하게 그네에 앉아 이상하게 생긴 캔 맥주를 마시고 있었다. 우리는 엉덩이에 발자국을 달고 그 앞에 가서 털썩 주저앉았다.

"야, 그 맥주는 왜 이리 키가 크냐? 원래 맥주 캔은 짜리몽땅하지 않나? 마치 너처럼."

"몰라. 집에 있던데."

"집에 있는 거 그렇게 막 들고 와도 엄빠가 몰라?"

"엄마 아빠는 나한테 관심 없어."

강이 울적한 목소리로 말했다.

"근데, 우리, '아는 척' 좀 못 하게 해 볼래?"

"뭐래……."

나는 비난했다.

"무슨 수로?"

윤이 말려들자 강이 눈을 반짝였다.

"가르쳐 주자."

그 대답이 정말 순진해 보여서 나는 피식 웃었다. 가르쳐 주면, 뭐, 누가 듣냐. 그랬더니 윤이 도끼눈을 하면서 그런 냉소적인 태도가 변화와 발전을 방해하고 어쩌고저쩌고하다가 너 같은 애들이 투표도 안 할 거라고 했다. 아, 저게 진짜. 도저히 참을 수가 없어서 윤의 귀를 깨물었고 윤은 비명을 질렀다. 강이 우리한테 불쑥 휴대폰 갤러리를 내밀었다.

"이렇게……. 어때?"

나는 홀린 듯이 그것에 빠져들었다. 윤이 멍하니 대답했다.

"재밌을 것 같아."

나는 강의 휴대폰을 빼앗아 들었다. 강이 내 의사를 묻는 것처럼 나를 바라보았다. 나는 강렬하게 고개를 끄덕였다.

"근데 이건 하고 말고의 문제가 아니고 능력의 문제 아니냐?"

"그건 내가 알아서 할게."

그리고 나서 우리는 각자 집으로 흩어졌다. 새벽 3시였다.

놀이터에는 강이 버린 맥주 캔과 윤의 담배꽁초 두 개만이 남았다. 아아, 과연 선량한 고3이 놀다 헤어진 흔적이 맞는지 의심스럽다. 아주 불건전해······. 아무리 봐도 우리 중에 내가 제일 착한 것 같다.

1

왜 스스로에게
그렇게 가혹하게 구는 거지?

:윤

피부에 달라붙는 역겨운 습기와 여름 특유의 미묘한 냄새와 후텁지근한 바람이 창문을 통해 들이닥쳤다. 나는 머리카락 사이로 흘러 들어가는 땀을 훔쳐 내며 눈을 떴다. 충전이 완료되었으니 어서 분리하라고 재촉하는 휴대폰으로 시간을 확인하니, 6시 20분이었다. 맞춰 놓은 알람이 울릴 때까지 눈을 감고 있을 생각이었다. 여름이 싫은 가장 큰 이유는 하루가 너무 이른 시간에 시작된다는 것이다. 나는 베개에 뒤통수를 깊게 묻었다.

　머리가 지끈거렸다. 더우면 더워서 머리가 아프고, 냉방을 돌리면 그것 때문에 또 머리가 아팠다. 나에게 여름이란 언제나 두통과 짜증이 일궈 내는 각성 상태의 연속이었다. 이번 여름은 특히 심하다. 두통을 일으키는 사건만 연달아 발생하고 있기 때문이다.

　어젯밤, 독서실에서 돌아와 보니 성적표가 도착해 있었다.

아마도 그들은 이런 상황을 원했을 것이다.

> (집으로 들어온 희선, 테이블 위의 성적표를 발견한다.)
> 희선: (극적으로) 어머. 이게 뭐지? 내 성적표네? 엄마, 아빠! 내 성적을 좀 봐!
> 엄마: (어깨를 두드리며) 노력은 너를 배반하지 않는단다, 희선아.
> 아빠: (엄한 목소리로) 세상에 날고 기는 애들은 많으니 우물 안 개구리가 되진 말거라.

하지만 내가 다녀왔다는 말도 없이 쌩하고 방으로 들어가 버려서 엄마 아빠는 아무 말도 할 수 없었다.

방학을 앞두고 친 7월 모의고사에서 나는 전교 1등을 했다. 뿐만 아니라, 3월 모의고사부터 모두가 주목하는 평가원 모의고사, 각종 교육청 모의고사와 사설 모의고사 등 고3이 되어 친 모든 모의고사에서 내 전교 석차는 1이었다. 엄마와 아빠는 나의 중학교 2학년 때가 생각난다며, 행복해했다. 내 생각은 어땠냐고? 전혀 달랐다.

중학교 때의 나는 생각하기도 싫을 만큼 지질했다. 그들의 기대에 부응하기 위해서 아등바등했었다. 중학교 2학년 2학기 2회 지필고사에서 나는 그토록 염원하던 전교 1등을 했다. 내 생애 처음이었다. 나는 굉장히 뿌듯했고, 성적표가 도착하기도 전에 엄마와 아빠에게 그 사실을 알렸다.

물론 그들은 기뻐했다. 하지만 그것도 잠시, 성적표가 도착하고 나서 나의 성적을 상세히 분석한 엄마와 아빠는 수학 과목이 취약하다며 단과 학원을 끊어 주었고, 전교 1등에 만족하지 말고 도 학력평가에서 상위 1퍼센트 안에 들 것과 외고 진학을 위해 특강 학원을 다닐 것을 명령했다.

그게 다였다. 나는 그 반응이 서운하고 야속하다기보다는 혼란스러웠다. 전교 1등이 아니면 그 어떤 등수에도 만족 못 하는 부모님을 기쁘게 해 드리기 위해 내가 포기했던 것은 당시의 나로서는 엄청난 것들이었다. 친구, 영화관, 가요와 팝송, 만화 등 나는 내 또래들이 만끽하던 모든 반짝이는 것들을 포기했다. 그런 걸 포기하고 얻은 결과가 이토록 허무하다니. 인간의 욕심은 끝이 없다는 게 나의 결론이었다. 내 인생 최초로 얻은 쓸모 있는 교훈이었다.

나는 멈추어 섰다. 그리고 누군가가 지나가며 발로 툭 건드린 민들레 씨앗처럼 아무 데로나 나부꼈다. 아이들이 매주 이야기하는 드라마와 예능도 모두 챙겨 보고, 다른 나라의 음악에도 관심을 가졌다. 수업 시간에는 재미가 있으면 듣고 없으면 몰래 책을 읽었다. 그런데 그 무렵 아빠의 서재에서 책을 고르다 마음에 드는 글을 발견했다.

우리가 고뇌를 없애려고 꾸준히 노력해도 얻는 것은 결국 고뇌의 형태를 변경한 데 지나지 않는다. 우리가 이 고뇌를 애써 쫓아 버리려 하면 그것은 곧 변모하여 여러 가지 형태로 나타난다. (……) 그리하여 만일 이것들이 이미 침입할 여지가 없게 되면, 그때는 권태와 포만이라는 삭막한 회색 외투를 걸치고 나타난다. 이것을 물리치려면 악착같이 싸워야 한다. 그러나 악전고투 끝에 이것을 물리쳐도 본래의 여러 가지 형태로 변모되어 나타나므로 우리는 일을 처음부터 다시 시작하게 된다.

나는 그때 겨우 열다섯에 불과했지만 내가 아무리 고군분투를 해도 결국 나에 대한 나의 기대도, 나에 대한 그들의 기대도 충족시킬 수 없다는 걸 깨달았다. 서울대에 입학한 오빠가 병신같이 아직까지도 번민하고 있는 문제를 나는 열다섯에 깨달아 버린 것이다. 내게 찾아온 것은 '회색 외투를 걸친 권태'였다. 그 권태는 아직도 가시지 않았다. 나는 그 이후로 지금까지도 무기력하고 권태롭다. 나는 웬만한 것에는 열의를 느끼지 못한다.

입바른 소리를 하기 좋아하는 어른들은 이렇게 말한다. 그러면, 그 권태를 이기기 위해서 어떤 일이라도 하라고, 왜 시도하지도 않고 포기하려 하냐고. 그건 개소리다. 한바탕 고군분투 끝에 권태를 이겨 내면 그 뒤에 또 다른 권태가 찾아올 게 뻔한데 내가 왜 그 개고생을 해야 하는가. 나는 구태여 권태를 쫓아낼 생각이 없다.

어쨌든, 중학생이었던 나는 저 페이지를 조심스럽게 찢어 내 일기장 속에 끼워 놓았다. 책을 애지중지하는 우리 집 분위기에 비춰 보면 있을 수 없는 짓을 한 것이다. 나중에 알고 보니 그 책이 바로 쇼펜하우어의 책이었다. 고등학교에 올라오고 나서 우연히 그 일기장을 다시 보았고 나는 똑같은 책을 한 권 더 사서 학교 사물함 안에 넣어 놓았다.

그리고 지금 나는 다시 전교 1등이 되었다. 결과는 동일하지만 그때와 지금은 엄연히 다르다. 그때는 메스꺼움을 참고 공부했다. 엄마 아빠가 하라고 했고, 공부를 못하면 정말로 사회에서 도태되는 줄 알았으니까. 매스컴과 자기 계발서와 가정교육에 의한 세뇌였다. 그러나 나는 이제 공부하는 게 싫지만은 않다. 대학교에 가고 싶다. 공부하고 싶은 게 생겼기 때문이다. 오직 언수외탐이어야 한다는 고등학교의 논리는 여전히 폭력적이라고 생각하지만 몇 달 뒤 찾아올 자유를 생각하면 그 정도는 가볍게 견뎌 낼 수 있다.

아, 대학. 대학을 생각하면 수시가 생각나고 수시를 생각하면 신경이 곤두서지만, 아침부터 그런 우울한 생각을 할 필요는 없다. 나의 건강한 정신 상태를 위해서.

알람이 울리자마자 벌떡 일어났다. 나는 계획에서 틀어지는 것을 아주 싫어한다. 45분에 일어나야 하는데 너무 졸려서 10분을 뭉개고 누워 있었다면 그다음 일정에 차질이 생긴다. 이런 데서 굉장한 피로를 느끼는 인간이 바로 나다.

나는 7시까지 씻었다. 머리가 깨질 것 같았다. 이제 15분 동안 드라이를 할 차례다. 안방의 화장대에 앉아 머리의 물기를 떨어냈다. 거울에 아빠가 비쳤다. 내가 정성스럽게 물기를 닦고 드라이하는 걸 지켜보던 아빠가 한마디 했다.

"그냥 대충 빗고 가지? 머리에 무슨 공을 그렇게 들여."

아빠는 원래도 학생이 멋을 내는 것에 대해 보수적인 입장을 고수한다.

"왜 남의 머리까지 간섭이야. 15분 아껴서 뭐하게."

적당한 애교와 눈웃음으로 서로 감정이 상하지 않게 상황을 무마할 의지는 없었다. 나는 더욱 정성스럽게 드라이를 했다. 나는 그러지 말라고 할수록 더 그렇게 행동한다. 속으로는 음침한 마음으로, 겉으로는 능청스럽고 경쾌하게. 난 모든 사람을 골탕 먹이고 싶다. 내 기분을 엿 같게 만드는 모든 사람들을 엿으로 만들고 싶다.

딱 15분 만에 머리를 모두 정리하고 교복으로 갈아입고 식탁 앞에 앉았다. 점심도 저녁도 같이 먹을 수 없기 때문에 아침은 꼭 모여서 먹어야 한다는 것이 엄마의 주장이다.

"이번에 희선이 성적 잘 받았던데."

무슨 말을 하고 싶은 건지 빤히 알고 있었지만 나는 입을 꾹 다물었다. 고등학교에 진학하고 나서도 성적은 줄곧 좋았지만 전교 1등은 고3 때가 처음이었다. 내게는 아무 의미도 없는 그 타이틀이 엄마 아빠에게는 퍽 명예롭게 느껴지는 모양이었다. 그들은 아직도 인생을 모른다.

"노력은 너를 배반하지 않는단다, 희선아."

엄마가 어깨를 두드렸다.

"세상에 날고 기는 애들은 많으니 우물 안 개구리가 되진 말거라."

아빠가 엄한 목소리로 말했다. 아, 이 장면 어디선가 본 것 같으……

대개 어른들은 어떤 사실을 알고 나면 꼭 훈계를 해야 한다는 강박관념을 가지고 있다. 아니, 이 말은 취소다. 이런 식의 일반화는 좋지 못하다. 이런 게 바로 아는 척이기 때문이다. 다시 말하겠다. 우리 엄마 아빠는 어떤 사실을 알고 나면 꼭 훈계를 해야 한다는 강박관념을 가지고 있다.

짜증이 났다. 눈을 뜨고 있는 거의 모든 순간, 나는 짜증이 난다. 나는 하루의 절반 이상을 날이 선 상태로 보낸다. 나도 내가 지나칠 정도로 예민한 성격이라는 것쯤은 알고 있다. 하지만 세상에는 내 기분을 거스르는 온갖 요소들이 산

재해 있고, 짜증이라는 것은 어느새 나의 정체성이 되었다.

"알았어, 쫌! 내가 다 알아서 하고 있어."

엄마가 내 팔을 찰싹 때리며 말했다.

"아침부터 왜 신경질이야. 너 그 성격 좀 어떻게 안 되니?"

"엄마랑 아빠가 신경질 나게 하잖아!"

"너 그런 식으로 해서 나중에……."

엄마가 일부러 말을 하다 말았다. 뒤를 알아서 잘 상상하라는 무언의 메시지다.

우리 가족들이 저런 우회적인 화법을 좋아한다는 건 커다란 비극이었다. 그 비극의 주인공은 당연히 나다. 예를 들자면, 엄마는 '희선아, 좀 더 열심히 공부해라'라는 말을, '어떤 애들은 하루에 여덟 시간을 공부한다던데'라고 표현한다. 그럴 때마다 나는 청개구리의 마음을 이해하게 된다.

"너 성적표 보니까 외국어 좀 내려갔던데, 학원 하나 끊어 줄까?"

"나 수학 학원 관둘까 봐."

식탁에 팽팽한 긴장감이 맴돌았다.

"겨우 2점 떨어졌거든? 그리고 보통 그럴 땐 떨어졌다가 아니라 유지했다고 말해."

하여간 교육청 모의고사는 왜 원점수까지 가르쳐 주고 난리야. 나는 원점수로는 2점이 떨어졌지만 이번 시험의 난이도가 높아서 오히려 내 백분위는 올랐으며, 고로 내 성적은 떨어진 게 아니고 유지한 것도 아니며 사실은 조금 오른 것이라고 말하려다 너무 구차해 보여서 관두었다. 대신 관자놀이를 꾹꾹 누르며 말했다.

"엄마, 국 없어? 국 먹고 싶은데."

"없어. 넌 무슨 할머니니?"

나는 있는 반찬에 밥을 먹고 싱크대에 그릇을 가져다 놓았다.

"오늘 오빠 온대."

엄마가 말했다. 또 짜증이 났다.

우리 가족 중에서 가장 보기 싫은 인간은 사실 엄마도 아빠도 아니다. 바로 윤영섭이다. 나와 연년생인 오빠 윤영섭은 내가 본 인간 중에 가장 한심한 인간이다. 도대체 왜 그딴 식으로 사는 건지 나는 도무지 이해할 수가 없다.

"평일인데 왜 와."

"모르지."

모른다고 말하면서 엄마는 네가 정녕 그 이유를 모르냐는 눈빛으로 나를 빤히 바라보았다. 나는 극적인 태도로 어깨를 으쓱였다.

윤영섭과 엄마 아빠는 며칠 전에 우리 집에 벌어진 사달을 해결하려는 눈치였다. 며칠 전 내가 부렸던 난동은 엄마 아빠를 혼란의 도가니탕으로 몰아넣었다. 나는 슬금슬금 그들의 눈치를 보면서 혼자 히죽거렸다.

며칠 전 내가 부렸던 난동이 뭐냐고? 별거 아니다.

이 이야기를 하자면 고2 겨울방학 무렵으로 거슬러 올라가야 한다. 그들은 대학 진학을 앞둔 나에게 흥미에 맞는 전공을 스스로 선택하라며 진보적이고 트인 부모 '흉내'를 냈고 나는 철학과에 가고 싶다고 대답했다. 잇따른 그들의 반응은 '경악'이었다. 내가 당연히 '어느 대학 경영학과에 가기 위해서 죽기 살기로 공부하겠어요!'라는 대답을 내놓고 엄마 아빠가 나를 격려하는, 훈훈한 결말이 나왔어야 했는데, 내가, 감히 내가, 삶을 진짜로 선택하려 들었기 때문이다. 그들에게 인문학부란 경영, 경제에 들어갈 성적에 미치지 못하는 애들이 복수 전공을 목표로 가는 곳이었다. 잠시 어색한 분위기 끝에 나는 입시를 맞닥뜨려 자신감을 완전히 상실한 수험생이 되어 있었다. 부동의 문과 톱 경영학과에 갈 자신이 없어 배치표 밑바닥을 담당하고 있는 철학과를 지원한다는 오해를 받은 것이다. 나는 그런 게 아니라 철학이 흥미로워서 배우고 싶은 거라고 말을 해 보았지만, 전혀 통하지 않았다. 전혀. 그리고 그 상태는 8개월이 지난 지금까지도 이어지고 있다.

8월은 수시 철의 시작이다. 이 와중에 나는 수시를 쓰지 않겠다고 선언했다. 엄마, 아빠, 학교는 모두 패닉 상태에 빠졌다. 나는 뜸을 들이고 들이다가 나를 둘러싼 모두가 애가 타 어쩔 줄 모르는 상태가 되자 대답했다. 철학과 안 보내 주신다면서요. 제가 소신이 좀 강해서. 엄마랑 아빠는 난리가 났다. 넌 아직 뭘 몰라. 네가 무슨 생각을 하는지 우리는 다 알아. 헛웃음이 나왔다. 도대체 뭘 알고 있다는 건지. 나는 내 방으로 들어가 문을 잠갔다. 아빠가 문을 두드리면서 대화를 하자고 했고 나는 완강히 거절했다. 아빠가 잠긴 내 방문을 열쇠로 따고 들어왔다.

나는 머리끝까지 화가 났다. 물소 떼처럼 들이닥친 엄마와 아빠의 발치에 나는 연필꽂이를 던졌다. 근현대사 인강에서 본 사과탄인지, 지랄탄인지 하는 이상한 무기처럼 연필이 사방으로 튀었다. 그건 치기나, 좀 늦게 찾아온 사춘기나, 가벼운 반항이 아니라 절대로 대화하지 않겠다는 강력한 의사 표시였다. 아빠가 폭발했다. 나는 잠시 주춤했지만 이내 눈을 치켜뜨고는 왜 이제야 들으려는 마음이 생겼냐며 비꼬았다. 엄마가 아빠를 끌고 나갔다.

다음 날, 그들은 마치 아무 일도 없었던 것처럼 행동했으나 집 안을 휘감은 공기의 흐름이 미묘하게 달라진 것은 감출 수 없었다. 제법 달가운 껄끄러움이었다. 나는 기꺼이 장단을 맞췄다. 학교까지 태워 준다고 하면 그 호의를 받아들였지만 이동 중에는 이어폰을 끼고 있는 식이었다. 엄마와 아빠가 강하게 동요하는 것을 알 수 있었다. 그럴 때마다 나는 내 침대에서 이불을 뒤집어쓰고 누워 숨죽여 킬킬댔다.

집에서 학교까지 차를 타면 5분, 걸어가면 20분 정도 걸린다. 학기 중에는 차를 타고 다녔지만 등교 시간이 늦춰지는 방학 보충 기간에는 걸어 다닌다. 오늘도 등교 시각 5분 전에 도착했다. 우리 집에는 화장실이 하나밖에 없어서 나는 매일 학교에 가서 이를 닦는다. 칫솔에 치약을 묻혀서 화장실로 가다가 칠판 옆 게시 공간에 붙은 새로운 글귀를 발견했다.

지금 자면 인생을 푹 잔다.

이건 또 무슨 개소리야.

"야, 너 교실 앞에 붙은 거 봤냐?"

화장실에서 치약 거품을 헹궈 내고 있는데 반에서 가장 친하게 지내는 친구가 칫솔질을 하다가 말했다.

"지금 자면 인생을 푹 잔다, 이거? 봤다."

생각만 해도 웃긴 모양인지 친구가 입을 헹군 물까지 질질 흘렸다. 더러워…….

"담임이 붙여 놓은 거냐?"

"응."

"무슨 그런 비문을 붙여 놓고 난리야."

우리는 거울로 눈을 맞추며 낄낄대고 웃었다. 이런 우리를 보고 어른들은 낙엽 굴러가는 것만 봐도 우스울 나이라고 말한다. 나는 어쩐지 그 말이, 하루하루 나이를 먹어 갈수록 인생이 우울해진다는 의미로 들린다.

"아까 나보고 잘 쓰지 않았냐고 묻던데."

"아, 직접 쓴 거래?"

친구가 고개를 끄덕거리며 말했다.

"그런가 봐."

별명도 없고 인기도 없고 심지어는 조롱하듯 이름으로도 불리지 않는 선생님들이 있다. 혹시 그런 사람을 안다면 가엾게 여겨 줘야 한다. 본디 선생님에 대한 평가란 '사랑해요'가 아니면 '좆같아요'의 극단적인 이분법이기 때문이다. 낮은 확률로 그 중간 어딘가에 위치한 개성 없는 선생님들이 존재하는데, 그게 바로 우리 담임이다.

"불쌍하네."

생각이 나도 모르게 입 밖으로 튀어나왔다.

"뭐가?"

친구가 의아한 듯 물었다. 나는 어깨를 으쓱였다. 친구도 더는 궁금해하지 않았다. 컵의 물기를 탈탈 떨면서 교실로 돌아가는데, 통칭 오지랖이라고 불리는 오지혁 선생님이 여자 화장실에서 나오는 우리에게 물었다.

"박수혀이 거 안에 있나?"

우리는 고개를 도리도리 저었다.

"수현이 학교 안 왔어요?"

"그래, 고 가시나 땜에 내 미치겠다."

오지랖이 신경질적으로 마른세수를 했다.

"에이, 1교시 시작도 안 했는데⋯⋯ 뭘 벌써 찾고 그러세요."

친구는 장난스럽게 말했다. 오지랖이 사라지자마자 친구가 내게 말했다.

"괜히 꼴통 하나 맡아 가지고. 진짜 오지랖도 참 고생이다. 이제 곧 졸업인데 나 같으면 속 편하게 그냥 포기하고 말지. 저것도 진짜 대단한 장인정신 아니냐?"

나는 칫솔의 물기를 떨면서 히죽 웃었다. 겉으로는 화사하게 눈꼬리를 접었지만 이건 명백한 비웃음이다.

수시 철이 되자 아이들은 박수현의 성적이 생각보다 높다는 사실을 알게 되었다. 아니, 정정한다. 박수현의 성적이 '자기들보다' 높다는 사실을 알고 충격을 받았다. 친구도 그중

한 명이었다. 바로 어제 박수현이 A대학을 쓴다며 그게 가당키나 하냐고 비아냥거렸다. 타인이 내리는 박에 대한 평판은 언제나 흥미로웠다. 사람들의 눈이 얼마나 자기가 보고 싶은 대로만 보는지를 알려 주니까. 나는 소심하게 내 진짜 친구를 변호했다.

"박수현 수시 모의 지원에서 A대 적정으로 나왔다던데."

"딱 봐도 거짓말 아니냐? 벽돌이나 하나 놔 주고 오겠지."

친구는 갑자기 튀어나온 본심에 다소 당황하는 기색이었다. 인간은 대개 저런 상황에서 멋쩍어하며 자기 말을 주워 담거나, 오히려 허세를 부리는데, 얘는 후자였다.

"윤희선 넌 진짜 너무 착하고 순진한 것 같아."

선생님과 부모님은 나를 (진로 문제를 제외하고는) 말썽 한 번 피운 적 없는 모범적인 아이라고 생각하고, 박과 강을 제외한 친구들은 나를 공부는 잘하지만 잘난 체 안 하는 순둥이로 알고 있다. 하지만 나는 그냥 어떻게 하면 사람들이 전교 1등을 재수 없어 하지 않는지 알고 있을 뿐이다. 이 병신 같은 코스프레로 딱히 나 자신을 숨기려는 건 아니다. 헐뜯고 소문내고 따돌리고 비웃으려는 무리에서 기 싸움 피해 살려면 어쩔 수 없을 뿐.

1교시 시작과 동시에 졸음에 겨운 고3들이 패잔병처럼 픽 픽 책상으로 쓰러졌다. 고등학생에게 졸음이란 숙명이다. 개인의 의지로는 절대 극복할 수 없다. 주위를 휙 둘러본 수학 선생님이 손바닥으로 교탁을 내리쳤다.

"일어나라."

안 자던 아이들은 미간을 찌푸렸고 엎드려 있던 아이들의 일부는 비척대며 일어났다. 그러나 대부분은 아랑곳하지 않고 단잠에 빠져 있었다.

"너희는 좀……."

수학이 교실을 쭉 둘러보았다. 누워 있는 아이들 중 반은 수포자일 것이고, 나머지 반은 그저 잠을 이기지 못한 아이들일 것이다. 교실에 빽빽하게 들어찬 등을 보자 새삼스레 소름이 돋았다. 여름방학 보충이 끝 무렵을 향해 달려가고 있는데도 모두 빠짐없이 학교에 나오고 있다. 높은 출석률은 수능이 다가올수록 불타오르는 의욕, 이라기보다 영악한 계산이다. 수시 철이 성큼 다가왔고 추천서를 부탁하려면 담임에게 최대한 잘 보여야 하기 때문이다. 수시 6회 제한 때문에 가뜩이나 다들 민감한 상태였다.

"자, 생각해 보자. 그거 아냐?"

나는 수학 선생님이 이제 유제를 풀 것이라고 예상했지만……

"지금 너희가 이렇게 놀고 있어도 될까? 시계 좀 봐라."

반사적으로 시계를 바라보았다. 호전적으로 번쩍이는 빨간 숫자를 보니 신경이 곤두서다 못해 머리카락까지 쭈뼛 솟는 듯했다. 저건 시계라기보다는, 디데이 카운터다. 시간보다 남은 수능 일자를 알려 주는 숫자가 더 크다는 점이 이를 증명한다. 우리를 가혹하게 옥죄는 데에도 더없이 우아하고 효과적으로 사용될 수 있다.

"수시 철이라고 방방 뜨는 애들 있는데, 제발 생각 좀 하고 살아. 응? 넣는 족족 다 붙을 것 같지? 신중하게 생각해라. 아무리 문과는 간판이라고 해도, 하기 싫은 전공 공부 억지로 할 수 있니?"

그렇게 말하면서 수학이 나를 뚫어지게 바라보았다. 수차례에 걸친 상담에서 나와 담임이 진로를 가지고 충돌할 때마

다, 얄밉게 옆에서 닥치고 경영 쓰라던 그의 모습이 떠올랐
다. 나는 못 본 척했다.

"학교를 낮춰서라도 가고 싶은 과에 가란 말이야. 소신 지
원, 몰라?"

수시 원서 접수 기간의 학교는 수백 가지 충고로 넘실댄다.
문과는 간판이다, 무조건 입결 높은 학교로 가라, 아니다, 대
학은 소신이다, 과를 보고 가라, 너는 그 학교에 갈 수 있다,
없다, 너무 높다, 낮다, 꿈 깨라, 희망을 가져라. 범람하는 충
고는 없느니만 못했다.

"전공에 대해서 깊이 좀 생각해 보란 말이야. 하여간 요즘
애들은 생각이 없어."

급기야 그 잔소리는 내가 가장 싫어하는 '요즘 애들 무뇌
아론'으로 이어졌다.

"하긴, 너네가 생각할 필요가 뭐가 있겠니."

수학이 실소했다.

"우리 학교 다닐 때는 한 시간씩 걸어 다니면서도 공부하
려는 의지가 있었어. 그런데 요즘은 시대가 다르지. 괴로운
거 모르고, 힘든 거 모르고. 부모님이 다 해 주시고, 학교 올

때도 차 타고 오고, 집에 갈 때도 차 타고 가고……."

진부했다. 기지개를 켜자 굳은 허리에서 우두둑 소리가 났다. 어른들은 지난 세대와 지금을 비교하는 것이 무의미한 일이라는 것을 언제쯤 깨달을까. 과거를 미화하고 지금, 여기를 보려 하지 않는 사람들을 보면 그들의 정신이 이토록 빈곤하구나 하는 생각밖에 들지 않는다.

"너희는 노력, 인내 이런 걸 하나도 모르지. 하여간 요즘 애들은 근성이 없어. 다 떠먹여 주고 공부만 하라는데도 항상 불평이야. 너희 매일 하는 말이 뭐니?"

수학은 푸르스름한 수염 자국이 난 아저씨 얼굴로 여고생의 가는 목소리를 흉내 냈다.

"졸려요, 힘들어요, 스트레스받아요."

자신의 훈계가 히스테리의 영역으로 넘어갔다는 것을 깨달았는지 수학이 머쓱한 눈빛으로 덧붙였다.

"좀 악착같이 해 보란 말이야."

고3이 되고 나서 가장 많이 받은 충고가 바로 죽지 않을 정도로만 하라는 것이었다. 아마 전국의 수험생들이 보편적으로 듣는 조언일 텐데, 사실 나는 왜 공부 따위를 죽지 않을 만큼이나 해야 하는지 모르겠다. 내 인생의 우상 리엄 갤러거는 이런 명언을 남겼다. 난 내 인생의 어떤 면에서든 내 자신의 한계에 도전하지 않아. 뭣하러 그래? 왜 스스로에게 그렇게 가혹하게 구는 거지?

"자, 여기 보세요. 유제 2번."

수학이 다시 칠판으로 몸을 돌렸다. 손에는 말아 쥔 전년도 수능 기출 문제가 들려 있었다.

종이 울리고 교실은 조금 부산스러워졌다.

"수학 왜 난리야."

"지랄에 이유가 있냐."

교실 문을 탁탁 두드리는 소리가 나서 앞문 쪽으로 모두의 시선이 집중되었다. 오지랖이었다.

"박수현이 본 사람 없나?"

박이 아직도 학교에 오지 않은 모양이었다. 나한테는 오만잔소리를 다 하면서. 나는 지끈거리는 관자놀이를 열심히 마사지했다. 지금 박은 침대에 누워서 늘어져라 자고 있겠지? 상상하자 부러워졌다.

오지랖이 사라지고 나서 나는 짝에게 물었다.

"다음 교시 뭐야?"

"문학."

나는 망설임 없이 이어폰을 꺼냈다. 내가 머리를 묶지 않는데에는 나름대로 심오한 이유가 있다. 아침에 조금 귀찮다고 머리를 묶어 버리면 몰래 노래를 들을 수 없는 탓이다. 나는 생활복 목 뒤로 휴대폰을 넘겼다. 이어폰을 한 쪽만 귀에 꽂고 이어폰의 선이 보이지 않도록 매무새를 섬세하게 정리했다. 짝을 불러 물어보았다.

"보여?"

"아니. 수업 시간에 노래 듣는 전교 1등이라니."

나는 책상 서랍을 뒤져 문학 책을 꺼냈다. 딱 맞게 종이 쳤다. 문학 선생님이 들어왔다. 동시에 나는 음악 어플을 켰다. 문학은 도저히 음악 없이는 버틸 수가 없다. 선생님의 목소리는 너무 졸리고 내용은 지겨웠다. 나 말고도 대놓고 딴짓을 하는 학생이 열 명은 되었다. 문학은 우리를 포기했고 우리 또한 문학에게 아무런 관심이 없었다.

나는 전체 랜덤을 누르고 볼륨을 적당하게 조절했다. 내가 너덧 살 적에 발매된 이국의 노래들이 흘러나왔다. 짝과 눈을 맞추고 립싱크를 하며 장난을 쳤다. 짝꿍이 피식 웃으며 연습장을 꺼내 무언가를 휘갈겼다.

> 너 4반에 강진희라고 알아?

나는 잠시 고민하다 대답했다.

> 그 예쁜 애?

> ㅇㅇ 너 걔 소문 들었어?

구미를 당기는 도입부가 아니었으면 그냥 무시하고 노래나 들으려 했건만, 나는 눈짓으로 말했다. 아니.

> 강진희 어제 어떤 재수생 차에서 내렸대

어쩌라고.

> 그 재수생이랑 잤대

보는 사람도 없는데 짝꿍은 주위를 살피더니 '잤대'를 황급히 문질러 지웠다. 나는 가만히 검은 얼룩을 노려보았다. 짝꿍은 순진한 내가 이런 더러운 소문에 충격을 받았다고 판단한 것 같다.

> 걔 원래 걸레라고 존나 소문났어. 니가 순진해서 몰랐나 봐

> 김경은이라고 같은 미술 학원 다니는 우리 학교 애 있는데 걔 남친을 뺏었대. 그 남친이 아까 그 재수생임. 존나 막장

강의 소문이 돌고 돌아 내 귀에 들리는 느낌은 기묘했다. 저 악질적인 소문을 낸 사람이 누군지도 빤히 보였다.

> 그냥 아무나하고 막 자고 다닌대

> 피임은 제대로 하나 몰라

등줄기를 타고 소름이 내달렸다. 한기가 느껴져서 가볍게 팔을 비볐다. 나는 짝꿍의 뺨을 때리고 싶은 충동을 억누르며 눈웃음을 지었다.

에이, 소문은 원래 과장되고 그러는 거잖아

어이구, 이렇게 순둥순둥해서 어쩌나

어쩌긴, 나는 다시 볼륨을 높였다.

시간은 제법 빠르게 지나갔고 4교시를 마치는 종이 쳤다. 윤리는 종이 치자마자 인사도 받지 않은 채 교실을 나갔고 그보다 빠르게 아이들이 급식실로 우르르 뛰어갔다.

"……여 박수현이 없제?"

몇 시간 만에 급속도로 늙은 것 같아 보이는 오지랖이 나타났다.

"이무영이, 니 박수현이랑 친하잖아. 니한테 뭔 얘기 없드나."

"박수현 아직도 학교 안 왔어요? 양아치네, 완전."

이무영이 대답했다. 까랑까랑한 목소리라서 귀에 와서 콕 박혔다.

"그제. 내가 아주 그 기집아 때매 미치겠다."

오지랖이 머리를 쥐어뜯었다. 나는 그들과 아무 상관이 없는 척을 하며 서랍에서 휴대폰을 꺼내 박에게 메시지를 보냈다.

안 옴?

"희선아, 밥 먹으러 안 가? 빨리 와."

밥 같이 먹는 친구가 나를 재촉했다.

"알았어."

앞문까지 걸어가는 사이, 칼 답장이 도착했다.

ㅈ지금 감 뛰ㅣㅣ어가는ㅈㅜㅇ

정말 뛰어오고 있는 모양인지 오타가 난무했다. 아무리 구박을 받아도 박은 대책이 없었다. 때때로 선생님들은 소위 문제아라고 불리는 아이들의 일부가(정말로 일부다) 인기가 많은 이유에 대해 궁금해했다. 이유는 명료했다. 내가 거부하기에는 조금 무서운 세상의 가치를 몸소 부정하고 있다는 점, 성격에 군더더기가 없다는 점, 쉽게 말하자면 존나 꼴통이라는 점 때문이었다.

니네 쌤이 너 찾음

나는 메시지 하나를 더 보내고 앞문으로 걸어갔다.
"아, 맞다. 희선아, 너 밥 다 먹고 교무실로 오래."
"누가?"
"담임."
순간 확 구겨지는 인상을 가까스로 대외용으로 바꾸고, 나는 급식실로 향했다.

2

예쁘게 좀 봐 주세요

:박

침대맡에 둔 휴대폰에서 진동이 울렸다. 나는 눈을 뜨려고 노력했지만 잠이 속눈썹 사이사이로 스며들어 눈꺼풀이 무거웠다. 눈을 뜨지 않아도 알 수 있는 단 한 가지, 방 안이 지나치게 밝다는 사실이었다. 도대체 지금이 몇 시야. 나는 울고 싶어졌다.

"아, 망했다."

아무도 없는 집에 내 잠긴 목소리만 홀로 울려 퍼졌다. 엄마는 오늘도 나를 깨웠다고 착각하고 나갔다. 엄마는 간호사라서 출근이 불규칙했고 직장이 멀어서 내가 등교를 위해 일어날 때쯤 출발을 해야 했다. 아침마다 내가 말짱한 목소리로 일어났다고 호언장담을 한다는 것이 엄마의 주장이고 내게는 통 그런 기억이 없지만 달리 확인할 방법도 없는 노릇이다.

"완전 망했다."

부재중 전화가 열세 통이나 와 있었다. 여덟 통은 담임, 다섯 통은 엄마였다. 시간과 순서를 조합하니, 담임이 학교에 오지 않는 내게 전화를 해 대다가 안 되니까 엄마한테 SOS를 때렸다는 정황이 나왔다.

현재 시각은 딱 정오였다. 늦잠으로 얼버무릴 수 없을 정도의 시간이다. 진동이 또 울리기 시작했으나 애써 무시했다. 담임 전화 여덟 통 안 받으나 아홉 통 안 받으나 달라지는 건 없으니까. 대신 나는 욕실로 들어서며 갈등했다. 씻지 말고 교복만 대충 챙겨 입고 갈까(조금이나마 빨리 학교에 도착할 수 있으나 냄새가 날 수 있다). 앞머리만 감을까(들인 노력에 비해 깨끗해 보일 수 있으나 감지 않은 것보다 더 더러운 것 같다). 에이, 나는 더러운 건 질색이다. 나는 씻고, 머리를 말리고, 스킨, 로션, 선크림까지 꼼꼼히 갖춰 바른 후 학교로 향했다.

학교는 10분 거리였다. 나는 명랑하고 순수한 여고생답게 산들바람처럼 걸어서 학교에 가……고 싶었지만, 눈썹이 휘날리도록 뛰어갔다. 아, 선생님한테 토자 빼 달라고 부탁해야 하는데 왜 하필이면 오늘 지각이야. 이번 주에는 보육원 봉사 꼭 가야 하는데. 애기들이 기다릴 텐데. 난 왜 이렇게 되

는 일이 없을까. 나는 불운의 아이콘이야. 그렇게 거리를 질
주하고 있는데 휴대폰이 울렸다. 윤이었다.

> 안 옴?

달리기를 멈추지 않으며 답장을 보냈다.

> ㅈ지금 감 뚜ㅣㅣ어가는ㅈㅜㅇ

알아보겠거니, 하고 그냥 전송 버튼을 눌렀다.

> 니네 쌤이 너 찾음

> 존나 심하게

윤의 답장을 확인하고 나니 더 암울해졌다.

급식실에 도착했다. 유리문을 밀고 들어가자마자 냉방 때
문에 더운 몸이 얼어붙는 기분이었다. 급식은 막바지였다. 아

줌마가 왜 이렇게 늦게 왔냐고, 다음부터 이렇게 늦으면 밥을 주지 않겠다고 타박했다. 주위를 둘러보다 엄지연의 옆자리로 가 앉았다. 옆에서 애들이 박수를 쳤다.

"와, 급식실로 등교."

"존멋이다."

때와 장소와 맥락에 맞지 않게 비장한 표정을 지으며 엄지연이 엄지를 치켜들었다. 엄지연은 윤과 강만큼이나 나와 절친한 친구였다. 내가 화난 척 욕을 해 주자 그들이 자지러지게 좋아했다. 귀여운 멍청이들 같으니.

"오지랖이 너 하루 종일 찾던데."

"박수현 좋겠다. 나도 계속 지각해서 오지랖 관심 좀 끌어 볼까?"

오지랖의 광팬 중 하나가 말했다. 오지랖은 매스컴이 만든 낭만적인 부산 사나이 이미지에 완벽하게 부합하는 남자였다. 교내에서 화장을 짙게 한 학생에게 억센 사투리로 낯짝이 그게 뭐꼬! 소리를 치다가, 화장을 지우고 들어오는 애한테 봐라, 민낯이 더 안 낫나, 하는 말을 무심히 던지는 식의 이상한 방법으로 여고생의 마음을 파고들더니, 이제 교내에

일종의 팬덤이 구축되는 지경까지 이르렀다.

"오지랖 빡쳤냐?"

"아니, 그냥 좀 어이없어했어."

나 같아도 어이없긴 하겠다. 나는 허기가 져서 밥과 국을 꾸역꾸역 퍼먹었다. 원래도 밥을 빨리 먹는 편이었으나 오늘은 거의 쓸어 넣는 수준이었다. 단 5분 만에 식사를 마친 나는 엄지연과 함께 아이스크림을 물고 교실로 올라갔다.

나는 선풍기가 닿지 않는 교실 구석으로 가 아이스크림을 마저 먹었다. 그때, 교실 앞문이 열리더니 머리 하나가 불쑥 들어왔다.

"박수현이 왔나?"

화난 건가. 나는 잠시 고민했다. 오지랖은 사투리가 너무 심해서 얼마만큼 화가 난 건지 가늠이 잘 안 된다. 그래서 나, 박수현이는 학교에 왔으나 아무 소리도 내지 않고 조용히 숨어 있었다.

"이 가스나 왔나, 안 왔나? 대답해라."

그가 고개를 두리번거리다 구석에 있는 나를 발견했다.

"니!"

오지랖이 나에게 손가락을 뻗었다. 어머나, 어쩌지.

"내 쫌 보자. 따라온나."

나는 군말 없이 그를 따라갔다.

교무실의 의자는 등받이가 넓고 깊어 꽤 편안해 보였다. 나는 멀뚱히 서 있다가 조금 어색하고 면목이 없어서 딴청을 피웠다. 오지랖 옆자리는 5반 담임 자리였는데 그 앞에 윤이 있었다. 윤의 담임은 윤을 달래고, 비난하고, 윽박질렀다. 윤은 처음에는 이런 상황이 너무나 부담스럽다는 티를 역력히 내고 있었지만 나중에는 그냥 그가 말을 하든지 말든지 못들은 척했다. 내용은 뻔했다.

"네 성적이랑 스펙이면 경영학과 충분히 써 볼 만하다니까? 이런, 이런 데는 안정이잖아."

모의지원 사이트를 띄워 놓고 윤과 그의 담임은 실랑이를 벌이고 있었다.

"수시 안 쓴다고요."

윤이 정시에 올인해야 할 정도로 찔러 볼 만한 수시 전형이 없는 것도 아니고, 쓰자는 대학도 꿈의 학교들인데 윤이 고집을 부리는 이유가 뭔지 모르겠다는 복잡하고도 단순한 표정으로 윤의 담임이 한숨을 쉬었다.

"어제 엄마랑 통화했어. 너 경영학과 가고 싶어 한다며. 수시는 왜 안 쓰는 건데."

"몇 번 말해요. 경영학과 안 가고 싶다고."

"아이고, 희선아."

알 만하다는 표정으로 담임이 한숨을 쉬었다. 그러더니 이상한 타협안을 내놓았다.

"그럼 여기 제일 낮은 대학은 네가 그렇게 가고 싶다는 인문으로 쓰자. 어때?"

윤이 담임을 노려봤다. 아주 불손한 태도였고 윤의 담임은 화를 낼까 말까 하는 눈치였다.

"제가 왜 수시를 안 쓰냐면요."

담임이 윤과 눈을 맞췄다. 이제 입을 여는 건가.

"쓰기 싫으니까요."

나는 피식 웃었다. 나는 윤의 저런 면이 너무 좋다. 윤은 꾸벅 인사를 하고 떠나려 했으나 다시 제 담임에게 붙잡히고 말았다. 지친 표정을 애써 감추며 그 옆에 다시 선 윤이 나를 힐끗 보고 눈인사를 했다.

"니 뭔 생각 하노? 어데 보는데?"

오지랖이 의자 바퀴를 끌어 내게 바싹 다가왔다. 그러더니 갑자기 눈을 동그랗게 뜨며 버럭버럭 소리를 질렀다.

"니 내가 귀고리 빼고 오라 했나, 안 했나!"

"빼, 뺄게요! 지금 뺄게요."

"하이고, 저 귀에 빵꾸 봐라. 징그럽다, 징그러버."

그렇게 나는 오지랖의 탄식과 함께 애증의 피어싱을 하나하나 뺐다.

"니 지금 뭐 하노. 빨랑 빼라!"

"선생님 몇 번 말씀드리는데, 피어싱이랑 귀고리는 다르다니까요. 원래 이렇게 나사처럼 돌려서 빼는 거예요."

신중한 고민 끝에 왼쪽은 강한 언니 콘셉트로, 오른쪽은 여성스러운 콘셉트로 맞춰 끼운 나의 피어싱 컬렉션은 그렇게 오지랖의 서랍 속에 봉인되고 말았다.

"졸업할 때 찾으러 온나."

필요 없어요. 또 살 거니까. 나는 대답 대신 온화하게 웃었다.

고백하건대, 나는 피어싱 중독자다. 내가 생각하는 가장 아름다운 액세서리는 피어싱이고, 내 인생을 이렇게 고달프게 만든 것 또한 피어싱이다. 입학 직후, 학생부의 엄명으로 우리의 귀를 검사하던 당시의 담임은 내 귀를 보고 입을 굳게 다물었다. 추측이지만, 두꺼운 트라거스를 관통하는 피어싱이나, 귓바퀴를 넝쿨처럼 타고 올라가는 트위스트, 5밀리미터짜리 튜브 터널을 끼워 놓아 뻥 뚫린 귓불을 본 것은 처음인 것 같았다. 나는 잡혀가서 꿀밤을 두 대 정도 강하게 맞고 피어싱을 모조리 빼앗겼지만 뒤가 보일 정도로 확장된 지름 5밀리미터짜리 구멍을 당장 막을 방법은 어디에도 없었다.

담임은 나한테 귀를 왜 그렇게 많이 뚫었냐고 물었고, 나는 속으로 '선생님은 바보인가?'라고 생각했다. 그렇게 하는 이유는 그냥 그렇게 하는 게 예쁘기 때문이다. 그렇게 대답했더니, 담임은 노발대발 화를 내며 내가 피어싱을 한 이유가 무엇인지에 대해서 열변을 토하기 시작했다. 나의 반항심과 자기 파괴에 대한 욕구와 남을 향한 과시욕 때문이라는 것이다. 피어싱을 한 건 난데. 나는 해명하고, 해명하고, 또 해명하며 조금이라도 나의 마음을 이해시키려고 노력했으나 전혀 들어 주지 않자 짜증이 나서 소리를 질렀다.

"담배나 술을 먹지 말라는 조항이 교칙에 있는 건 이해가 되는데, 귀를 뚫는 게 나쁜 일은 아니잖아요. 도대체 왜 그런 교칙이 있는지 이해가 안 돼요."

그러자 그는 지금 내가 하고 있는 게 바로 반항이라고 했다.

내가 뭘 했다고 반항이라는 거야. 트라거스를 좀 뚫은들 이어폰을 꽂을 때 약간 불편한 것만 빼면 아무런 단점이 없다. 5밀리미터 확장은 끔찍하게 아프긴 했지만 그뿐이다.

그런데 하필이면 그때 엄지연과 그 일당들이 단체로 신성한 학교에서 흡연을 하다 걸렸다. 그리고 하필이면 벌 받다가 도망도 갔다. 그랬더니 우리는 어느 순간 학교 최초의 요주의 인물이 되어 버렸고 교무실에 갈 때마다 "어머, 네가 그 양쪽 귀가 다 걸레짝 같다는 박 뭐시기니?" 내지는, "어머, 네가 그 담배 피우다 걸려서 도망갔다는 박 아무개니?"라는 질문에 시달렸다(심지어 후자는 잘못된 정보인데도).

"내가 진짜 니 땜에 몬 산다. 그래, 이유가 뭐꼬? 오늘은 와 또 늦었노?"

"……늦잠 자서요."

나는 슬슬 오지랖의 눈치를 살폈다. 우리의 대화를 듣고 있었거나, 어쩌다가 들은 선생님들이 픽 웃음을 터뜨렸다. 무슨 보충수업 가지고 이렇게 빡빡하게 눈치 주고 그러시나, 라고 말하고 싶었지만 나는 눈칫밥 인생 12년차의 연륜으로 그런 어리석은 행동은 선생님의 화만 더 불러일으킬 뿐이라는 것을 이미 알고 있었다. 대신 나는 오지랖의 팔뚝을 붙잡고 매달렸다.

"선생님, 잘못했어요. 용서해 주세요. 다신 안 그럴게요. 다시는 학교에 피어싱 안 끼고 오고 지각도 안 할게요."

"이 가시나가 진짜, 이거 안 놓나!"

"안 놓을 거예요. 저 교실 보내 주시면 놓을게요."

나는 애절한 표정으로 고개를 저었다. 오지랖이 진저리를 쳤다.

"하이고, 니 맘대로 해라. 교실 보내 줄게. 쫌!"

"네!"

결국 나는 그냥 이마를 한 대 얻어맞는 것으로 귀찮은 상황을 모면했다. 그때쯤 윤의 상황도 가까스로 종료됐다. 나와 윤은 나란히 교무실을 나섰다. 문이 닫히자마자 윤이 얼굴을 확 구겼다.

"수시 안 쓴다는데 왜 자꾸 붙잡고 난리야."

그러다 윤이 내 어깨 너머를 빤히 보았다. 윤의 시선을 따라 고개를 돌리니, 고개를 푹 숙인 여학생 하나가 3반 담임, 정어리에게 끌려오고 있었다. 강이었다.

"걔들이 자꾸 그러는 거 너한테도 잘못 있는 거야. 넌 선생님이 아무것도 모르는 것 같지? 내가 말을 안 해서 그렇지 다 알고 있어. 네가 뭐 경은이 남자친구를 뺏었다며? 친구끼리 그러는 것만큼 부끄러운 일 없어."

강은 그저 듣고 있었다. 부러진 손톱 끝이 보였다.

"새파랗게 어린 것들이 연애는 뭐고 또 남친 가로채는 건 뭐니?"

만약 윤이었다면 지금 제 성질을 못 이겨 기절이라도 했을 법한 모욕이었지만 강은 그저 무덤덤할 뿐이었다. 강은 원래 모욕을 당하고도 화를 내지 않는 이상한 성격이니 내가 대신 해명하는데, 저건 거짓말이다. 정어리 입에서 나온 모든 말은 거짓말이다. 나와 윤은 입술을 짓씹으며 소리 없는 화를 내다가 각자의 반으로 돌아갔다.

방학이라서 점심시간 이후로는 쭉 오후 자습 시간이었다. 그런데 법과정치가 저번에 빼먹은 수업을 보충하겠다고 했단다. 법과정치 과목이 법과사회이던 시절부터 선생님의 별명은 법사였다. 하는 짓과 패션이 워낙 전통적인 마녀 스타일이라 여전히 잘 어울린다. 법사는 오늘도 변함없이 마녀같이 굴었다. 법과정치를 수능 과목으로 지정하지 않은 애들도 많아서 스리슬쩍 자습 이야기를 꺼내 보았으나 칼같이 거절한 것이다. 5교시, 보충의 보충이 시작되었고 나는 자리에 앉았다. 나는 가지런하게 누워 있는 일련의 등을 바라보며 멍하게 앉아 있었다. 도중 우연하게 뒷문 쪽을 봤는데 윤이 힘없이 복도를 걸어가고 있는 게 보였다. 나는 당장 윤에게 메시지를 보냈다.

어디 감?

답장은 5분 뒤에야 왔다.

ㅂㄱㅅ

보건실이라고 치는 게 귀찮냐

ㅇㅇ ㄱㅊ

하여간 너 진짜 망나니다 신성한 학교에서 땡땡이라니

그럼 너는 신성한 학교 왜 점심시간에 오는데?

내가 생각하기에는 지각이나 땡땡이나 엇비슷하게 나쁜 짓 같았지만 말로 윤을 이길 수는 없기 때문에 더 이상 이의를 제기하지는 않았다.

너 이러는 거 내가 교무실 가서 이른다.
담배 피운다고도 꼰질러야지

일러라 일러라 일본놈

야 여기 강 있어

> 걔 또 왜. 너네 나 몰래 모여서 노냐?

> 설마. 강 아프다고 뻥치고 옆 침대에서 게임 중

　골 때리는 놈들이다. 공부도 잘하고 말도 잘하고 성격도 까칠한 윤이 우리 중에서 가장 독한 것처럼 보이지만 사실 우리 중에서 가장 독한 건, 강이었다. 가끔씩 강의 담임인 정어리가 '강이 너무 소심하고 유약해서 왕따를 당하는 것 같다'는 헛소리를 할 때면 웃음이 나온다. 강은 오랜 시간 지속된 가정 폭력과 각종 폭언 등으로 점철된 삶을 견디는 인간이기 때문이다(그렇다고 해서 강이 폭력에 익숙하다는 뜻은 아니다. 폭력에 익숙해질 수 있는 사람이 어디 있겠는가).

　예를 들어서 설명하자면 이렇다. 나는 딱 한 번 강이 맞는 것을 본 적이 있다. 보통 사람들은 시비가 붙으면 일단 눈을 치켜뜨고 서로 때리고 엉키고 난리가 날 것이다. 그러나 강은 달랐다. 강을 괴롭히는 애들이 운동홧발로 강을 마구 밟았고 강은 산발이 된 채 바닥을 이리저리 나뒹굴었다. 강은 절대로 반항하지 않았다. 몸을 동그랗게 웅크리고 숨을 죽일 뿐이었다.

　나중에 왜 그랬냐고 물으니 어차피 그런 폭력은 맞는 사람이 순종적으로 변할 때까지 이어지기 때문에 빨리 끝내려면 그렇게 해야 한다고 했다. 경험으로 깨우친 거라며 깔깔거리고 웃었다. 나는 말을 삼켰다.

> 강 괜찮대?

> ㅇㅇ 근데 나 이제 잠

　나도 잠이 왔다. 나는 망설임 없이 대화 창을 종료하고 책상에 엎드렸다.

　"야, 일어나. 야, 야!"

　누군가가 내 어깨를 잡아 흔들었다. 골이 이리저리 흔들리는 느낌이었다. 내 단짝이자 짝꿍인 엄지연이었다. 나는 오만상을 쓰며 앞을 바라보았다.

　여전히 모두들 꿈나라를 헤매고 있었다. 덥고 조용하고 평화로웠다. 나는 멀뚱히 엄지를 바라보며 잘 떠지지 않는 눈을 비볐다.

"하여간 유유상종이라더니 똑같은 것끼리 앉았네."

뭉근한 공기를 가르며 앙칼진 목소리가 들렸다. 반쯤 취해 있던 잠에서 퍼뜩 깨어났다. 법사였다. 법을 가르쳐서 그런지 나를 유독 싫어했다. 아니, 윤리 선생님도 나를 대놓고 미워하지는 않는데…… 너무하다.

그녀는 굽 높은 실내화 소리를 또각또각 내면서 내 앞으로 바싹 다가왔다.

"내가 너네 하고 있는 꼴을 보니까 밤에 뭔 짓 하고 다녔을지 뻔해서 그래."

그녀의 목소리에서 경멸이 배어 나왔다.

"내가 너희 같은 애들을 아주 잘 알지. 아주 밤낮이 뒤바뀌어서는……."

위엄을 잃은 어른이 그 상황을 타개하기 위해 선택하는 가장 쉬운 방법이 바로 만만한 애들을 족치는 일이라는 걸, 나는 이미 오래전에 깨달았다.

"내가 니들 같은 애들 한두 번 본 것도 아니고."

61

나는 스무 살이 넘으면 인간이 완성되는 줄 알았다. 그래서 그들은 술도 마음대로 마실 수 있고, 담배도 마음대로 피울 수 있고, 연애도 눈치 안 보고 할 수 있는 줄 알았다. 하지만 아니다. 그냥 그런 사람도 있고 안 그런 사람도 있다. 법사로 말하자면 완벽히 후자였다. 그냥 나이만 먹은 거다.

"인생에 최선을 다하란 말이야. 니들이 힘든 게 뭐가 있니?"

법사는 고개를 절레절레 흔들었다. 체념과 경멸이 뒤섞인 표정이었다. 이럴 때 윤처럼 그들을 하찮게 여기며 코웃음을 치고 넘겨 버릴 수 있으면 얼마나 좋을까. 바보같이 들릴지도 모르겠지만, 나는 언제나 저런 표정을 짓는 사람에게 주눅이 든다. 어깨가 움츠러들고 괜히 머리카락을 만지며 발끝을 바라보는 것이다.

"관두자. 이런 얘기를 해서 뭐하니?"

입을 헤벌리고 있는 내 가방을 넘겨보면서 법사가 빈정거렸다.

"학생 가방에 책은 한 권도 없고, 뭐야. 이 여름에 털실? 남자친구 목도리라도 뜨니?"

"아닌데요. 저 남자친구 없는데요."

"그럼 이건 뭔데."

"세이브더칠드런에서…… 신생아…… 요정 모자를 뜨면……."

더듬더듬 말하다가 입을 다물어 버렸다. 짜증나. 쪽팔려.

"아, 그 아프리카 신생아 구하는 거? 애, 니 자신부터 구하고 남을 구해."

내 마음은 여러 사람들이 스쳐 지나며 꽂아 놓은 바늘로 가득하다. 그 수많은 상처 중에서도 가장 지독한 건, 내게 상처를 준 이들이 그 사실을 잊어버리거나 상처를 준 사실조차 인지하지 못해서 생긴 것들이다.

높아진 언성에 잠귀가 밝은 아이들 몇 명이 깨어나 나를 멀뚱히 바라보고 있었다. 나는 그 시선 속에서 연민, 무감각, 비난, 당황 등을 읽었다.

"자, 다시 보자. 학습 활동 2번."

아이들의 시선이 일제히 책상이나 칠판으로 돌아갔다. 나는 될 대로 되라는 심정으로 다시 책상에 엎드렸다. 남몰래 소매로 눈물을 찍어 냈다. 엄지연은 모르는 척해 주었다.

종소리와 함께 나는 자리에서 벌떡 일어났다. 나는 마음이 쉽게 풀리는 편이라 법사의 아는 척은 모두 잊어 주기로 했다. 관대한 결정이었다고 생각한다.

"매점 같이 갈 사람!"

여전히 반쯤은 자고 있고, 반쯤은 부산스럽게 움직이고 있는 교실에 대고 소리를 쳤다. 우리 반에서 제법 친하다고 할 수 있는 친구 하나가 손을 들었다. 나는 걔와 같이 매점으로 향했다.

"마법사 너한테 왜 그렇게 지랄이냐?"

"아, 몰라."

나는 짜증을 털어 내기 위해 머리를 털었다. 매점은 한산했다. 나는 아이스크림과 캔 음료수 하나를 계산했다. 같이 내려왔던 친구와 아이스크림을 까먹으며 교실로 올라가는 계단을 밟으려 할 때였다.

저 멀리 복도에 강이 보였다. 헝클어졌던 머리는 여느 때와 다름없이 정리되어 있었다. 나는 강이 다가오기를 기다렸다.

"야, 박수현 뭐 해?"

혼자서 계단을 반쯤 올라가고 나서야 내가 없다는 사실을 알아챈 친구가 나를 불렀다. 나는 먼저 올라가라는 뜻으로 손을 휘적휘적 흔들었다. 계단 밑에서 보니 친구의 짧은 치마 밑으로 허벅지 깊숙한 곳까지 훤히 보였다. 교복을 무슨 저기까지 줄여…….

"윤은?"

"숙면 중."

"넌?"

"하도 자서 이제 잠이 안 와."

멍이 사라지고 있는 강의 눈가를 나도 모르게 힐끔거렸다. 그러지 않으려고 해도 시선이 자석처럼 달라붙었다.

"음료수라도 좀 마셔라."

내가 캔을 따서 내밀자 강이 군말 없이 받아 들었다.

"네가 때릴 데가 어디 있다고 때리냐?"

내 투박하고 진부한 위로에 강이 입꼬리만 미미하게 올렸다. 위로를 해야 한다는 의무감에 초조해진 나는 아무 말이나 지껄이기 시작했다.

"내가 보니까 걔네 완전 씨름 선수에 이종격투기 선수던데. 난 무슨 여자 표도르인 줄 알았다."

"김경은은, 나 때리지는 않아."

"뭘 안 때려. 내가 본 적도 있구만!"

"그때가 처음이자 마지막이었어. 김경은은 그냥 이상한 소문 내고 친구 못 사귀게 하고 그러지 때리지는 않아."

우리 학년 층의 복도가 나오자마자 강이 나를 앞질러 걸어갔다. 타인의 시선을 다분히 의식한 행동이었다. 소문난 왕따와 소문난 문제아가 다정히 얘기를 하며 걸어오는 꼴은 누가 봐도 이상할 것이다.

그나저나 김경은은 정말 강을 때리지 않는 건가. 그럼 저건 모두 강의 아빠가 남긴 흔적일까? 두 가지 다 섞였나? 잘 모르겠다.

오자 1부가 끝나는 종이 치자 죽어 가던 반에 순식간에 생기가 돌았다. 점심시간에 잠시 교무실에 들렀던 아이가 아까 윤희선이 수시를 안 쓰겠다고 버티는 걸 봤다고 이야기를 풀고 있었다. 그들이 알고 있는 조각 정보를 모으니 진실에 근접한 그림이 완성되었다. 어떤 아이는 역시 소신이 있다며 너무 멋있다고 했고 어떤 아이는 허세를 부린다며 비웃었다.

나는 아까 네 번이나 실패한 수학 3점짜리 문제를 풀고 있었다. 이렇게 어려운 문제가 3점이라는 게 나의 자존심을 상하게 해서 괜히 엄지연의 목을 잡고 짤짤 흔들었다. 이게 어떻게 3점이야! 이게 어떻게 3점이야!

그때 뒷문으로 들어온 누군가가 나와 엄지연 사이에 손을 턱 짚었다.

"야, 엄지. 있냐?"

김경은이었다. 즐겁게 떠들던 아이들이 슬금슬금 이쪽 눈치를 봤다. 엄지연이 김경은을 싫어하다 못해 혐오한다는 것은 공공연한 사실이었다. 엄지연 인생에 가장 괴로웠던 경험은 중학교 때 당했다던 집단 따돌림이었는데, 엄지를 왕따로 만든 주동자가 바로 김경은이었기 때문이다.

"맡겨 놨냐?"

"아, 갚을게. 두 개만 빌려 줘."

엄지가 김경은을 2초 정도 째려보다가 가방을 뒤져 고등학생 허세의 상징 말보로라이트를 꺼내 두 개비를 내밀었다. 김경은은 고맙다는 말도 없이 총총히 사라졌다.

"아, 저 씨발년 존나 맘에 안 들어."

"야, 너 욕 좀 그만해."

"근데 넌 윤희선이랑 강진희 다 서울로 학교 가 버리면 어떻게 하냐."

나는 눈치 없는 엄지를 흘겨봤다.

"너도 서울 지원해 볼 정도 성적은 되잖아."

"인 서울 중하위권 학교랑 지거국이랑 조합해서 쓰려고."

"좋겠다. 나한텐 지거국도 꿈의 학교야. 지거국 가면 엄빠 부담도 덜 되고 좋은데."

우리는 각자 우울해져서 약 12초 정도 침묵했다.

가족처럼 붙어 다니던 친구들과 전국 각지로 뿔뿔이 흩어질 생각을 하니 서운함이 파도처럼 밀려왔다. 우울함을 내쫓아 버리기 위해 내가 먼저 입을 열었다.

"야, 근데 김경은 왜 가방 메고 있냐? 쟤 요즘 만날 오자 안 하고 가던데."

"미대 실기 100퍼센트 전형 준비하는 애들 다 빼 줬대."

"꿀이다. 진짜 좋겠다."

엄지연이 한심하다는 듯이 나를 쳐다봤다.

"수시 준비하러 가는데 뭐가 좋겠냐."

흠, 내 생각이 짧았다. 좋긴, 아까 수학 문제 안 풀릴 때같이 짜증나겠지.

"수능 끝나고 실기 준비 들어간다고 생각하면 쟤네도 불쌍하긴 하다. 강진희는 무슨 실기대회 1등 상도 있고 다른 상도 많아서 수시로 간다던데."

"강진희랑 김경은이 어디 게임이 되냐? 강진희는 존나 존나 잘 그리잖아."

"근데 김경은은 왜 강진희 못 잡아먹어서 안달이냐?"

엄지가 기다렸다는 듯이 쏘아 댔다.

"김경은이 뭐 그런 소문 내고 다녔잖아. 지 남친 진희가 뺏었다고. 근데 그게 사실은 걔네 다니는 미술 학원에 김경은 짝남이 있었는데, 걔가 강진희를 좋아하나 봐. 예쁘다고. 원래 다른 학원 다녔는데 옮겼대, 강진희 보려고. 너 혹시 기억안 나냐? 곱등이 넘버스리?"

강은 우리 학교뿐 아니라 인근 학교, 아니 이 지역에서 꽤 유명하다. 우선 미술 신동 비슷한 걸로 소문이 났었고, A여고 왕따로 또 유명하고, (이 마지막 게 가장 중요한데) 바로 예쁘다고 소문이 났다.

내 친구라서 그러는 게 아니라 강은 진짜 예쁘다. 다리도 완벽히 일자고 허벅지도 안 붙고 허리는 한 줌이고 피부도 하얗고, 무엇보다도 긴 생머리다. 항상 좀 우울한 표정을 짓고 있어서 그렇지 웃으면 정말 예쁘다.

"아, 기억난다. 강한테 부재중 전화 완전 많이 남겨 놨던 놈 아니야?"

"어, 맞아. 그래서 김경은이 지 짝남이 강진희 좋아한다고 앙심을 품었대."

"어이가 없다. 무슨 막장 드라마 찍는 것도 아니고."

"솔직히 그냥 싫어서 괴롭히겠지. 이유가 있어서 싫어하는 게 아니라, 싫어서 이유를 만들지 않냐? 그리고 김경은 저년 원래 존나 변태라 남 괴롭히는 거 좋아했어. 중학교 때부터 그랬어. 내가 그 피해자잖아……."

"그래, 친구야. 슬픈 이야기는 그만하렴."

"응."

나는 엄지의 어깨를 두드려 줬다. 불쌍한 집단 따돌림 피해자 같으니.

"야, 근데 곱등이 넘버스리도 불쌍하지 않냐? 김경은 같은 애 남친이라고 소문나고…….”

“그러니까. 남녀노소를 불문하고 누가 김경은을 좋아하겠
냐. 메주 같은 게 성깔도 좆같고.”

“아무리 그래도 말이 좀…….”

“아, 예.”

나는 엄지연의 등짝을 때려 주었다. 엄지연은 손이 닿지 않
는 등을 문지르려고 애쓰다가 내게 은근한 목소리로 물었다.

“매점 갈래?”

“사 주면 갈게.”

나는 거만하게 대답했다.

“따라와.”

그때, 엄지연이 주머니에 뭘 챙겨 넣었는데 나는 지갑이려
니, 생각했다.

엄지연은 내 손목을 꽉 쥐고 당당한 걸음걸이로 매점
을…… 그냥 지나쳤다. 그제야 나는 내가 속았다는 걸 깨달
았다. 나는 발끝에 힘을 주고 버텼지만 황소 같은 엄지연은
나를 잡아당겨 다시 걷게 만들었다. 나는 엉덩이를 뒤로 쭉

뺀 자세로 질질 끌려갔다.

"내가 다신 같이 안 간다고 했지. 난 담배 냄새 싫다고!"

"아, 그냥 와! 혼자 가면 친구 없어 보인단 말이야."

"아까 점심시간에 피웠잖아! 뭘 또 해. 얼마나 지났다고."

"내가 한다면 하는 거야!"

억지 대마왕이었다. 나와 엄지연은 학교 뒤편 쓰레기 소각
장으로 향했다. 그곳은 큰 쓰레기봉투를 모아 놓는 곳일 뿐
그 어떤 것도 태우지 않는데도 우리는 그곳을 쓰레기 소각장
이라고 불렀다. 아니, 아무것도 태우지 않는다는 말은 정정
한다. 우리는 그곳에서 담배를 태웠다.

쓰레기 소각장에는 이미 다른 애들이 와 있었다. 나는 엄
지연에게 눈빛으로 얘기했다. 사람 있잖아. 이 학교 불법 흡
연자는 다 네 친구들이잖아. 굳이 나를 데려와야 했니? 엄지
연이 눈빛으로 대답했다. 내가 이럴 줄 알았냐?

그런데 다가가서 보니 우리보다 미리 소각장에 와 있던 아
이들은 그냥 불법 흡연자들이 아니었다.

"저거 강진희 아니냐?"

오늘 렌즈를 끼지 못했다는 엄지연이 눈을 게슴츠레하게

뜨며 내게 물었다. 나도 안경 교실에 놔두고 왔는데. 우리는 슬금슬금 그들에게로 다가갔다.

"맞네."

엄지의 눈에서 불꽃이 튀었다.

"저 쌍년이."

"야, 참아. 참아. 일단 참아 봐."

나는 엄지연의 팔에 매달렸다. 우리는 더럽게도 쓰레기봉투 뒤에 쪼그려 앉아 상황을 관찰했다.

"아, 걸레 같아."

나와 엄지연은 충격에 눈을 동그랗게 뜨고 서로를 쳐다보았다.

"뭐라고?"

강은 멍하니 되물었다.

"왜 정색을 하고 그래. 농담이었어."

통념적으로 생각하는 학교 폭력과 실제 학교 폭력에는 꽤 큰 간극이 있다. 인터넷에 떠도는 동영상은 물론이고 다른 학교 남자애들이 제 얼굴에 먹칠하는 줄도 모르고 자랑하듯 보여 준(인터넷에는 유포되지 않은) 동영상을 본 것은 수도 없을 정도이다. 그러나 절대로 그것을 학교 폭력의 전부라고 생각해서는 안 된다.

또 다른 종류의 학교 폭력에는 형체가 없다. 피해자는 주위 친구들의 달라진 눈빛, 자기를 둘러싼 공간의 기묘한 분위기 등으로 자신한테 무슨 일이 일어나고 있는지 감을 잡을 뿐이다. 어떤 게 더 나쁜지 말하기는 어렵지만, 나는 소문이 훨씬 잔인하다고 생각한다. 소문은 상상의 여지를 주기 때문이다. 사람들은 타인의 추상적인 나쁜 소문을 구체적으로 상상하기를 좋아한다.

"근데 너 정말로 아무나랑 막 자고 다녀? 아니지?"

강의 얼굴이 희게 질렸다.

"아니면 그만이지 왜 그렇게 질리고 그래. 거짓말하는 사람처럼."

어디서 끼어들어야 할지 몰라 가만히 있던 내가 진짜로 김경은을 한 대 때리려고 튀어 나가려던 순간.

"니 친구들 왔다."

강의 어깨 너머로 우리를 보며 김경은이 말했다. 강이 뒤로 돌았다.

나는 겁이 많아서 사람을 때려 본 적이 없고, 미래에 있을지도 모를 그런 상황에서도 꾹 참을 것 같지만, 그래도 이런 상황에서 쓰레기봉투 뒤에 숨어서 친구가 당하는 꼴을 가만히 보고 있는 건 아닌 것 같다. 나는 내 모든 용기를 끌어내어 말했다.

"그만 좀 해."

아, 이제 뭐라고 말하지. 나는 열심히 대가리를 굴리면서 흘끗 엄지의 눈치를 살폈다. 엄지는 벌써 얼굴이 벌겋게 달아올라 있었다.

"미친년아, 강진희가 왜 걸레야. 니 주둥이가 걸레지."

아, 욕을 하면 되는구나. 나는 엄지연이 너무 좋다.

"그냥 궁금해서 물어본 거야. 강진희가 아니라면 아니겠지. 맞다면 맞고."

"니 대가리에 든 게 그딴 거밖에 없으니까 그딴 게 궁금하지. 소문도 딱 지 같은 것만 내고 다녀요."

"소문? 무슨 소문? 난 잘 모르겠는데?"

"모르긴 뭘 몰라. 지랄도 정도껏 떨어라."

"하긴 이 근방에 그 '사실' 모르는 사람이 있나."

김경은이 미묘한 단어 선택으로 내 성질을 박박 긁었다. 열등감도 저 정도면 정신병 수준이었다. 개소리를 어디까지 하나 싶은 마음으로 김경은을 가만히 노려보았다. 엄지연이 옆에서 얄밉게 실실 쪼개면서 말했다.

"혹시 너 그건 아냐? 이 근방에 그거 네가 떠벌리고 다닌 헛소리라는 거 모르는 사람 너랑 네 친구들밖에 없어."

"내가 떠벌렸다는 증거 있니?"

잠자코 있던 강이 내 손을 잡아끌었다.

"그만하고 자습이나 들어가. 종 친 지 7분이나 지났어."

난 그 손을 뿌리쳤다.

"넌 빠져 있어."

"내 이야긴데 내가 왜 빠져?"

강은 이제야 좀 화가 난 것 같았다.

"이 씨발년이 말귀 존나 못 알아 처먹네."

급기야 흥분한 엄지연은 얼마 전 새로 샀다고 열 번도 넘게 자랑을 했던 새 운동화로 김경은의 정강이를 걷어찼다. 김경은은 그에 대한 대응으로 엄지연의 머리채를 잡았다. 참고로 엄지연은 신장 170에, 허리까지 기른 생머리의 소유자이다.

"그만해!"

머리채 잡고 싸우는 건 드라마에나 나오는 건 줄 알았는데 그걸 내 눈으로 보게 될 줄이야. 나와 강은 얼른 끼어들어 싸움을 말려 보려고 했으나 오히려 그 사이에 휘말리고 말았다. 와중에 엄지와 김경은의 대화는 완전히 유치했다.

"너 아까 내가 빌려 준 담배 두 갑으로 갚아."

"미쳤냐. 이 고리대금업자야!"

나는 최대한 어떻게 해 보려고 했지만 역부족이었다. 김경은과 엄지는 한 손으론 머리채를 잡고, 한 손으론 할퀴기, 꼬집기, 때리기 등을 모두 포함한 야비하고 멋없는 수단을 동원하며 육체적 대화를 나누고 있었다. 바싹 말라 질량이 작은 강이 먼저 튕겨 나갔고, 깡이 없는 내가 그다음으로 나가떨어졌다. 나는 오뚝이처럼 벌떡 일어나 강에게 다가갔다.

"너 손목 괜찮아?"

"응."

내팽개쳐지며 바닥을 짚은 왼쪽 손목(강은 왼손잡이다)을 조심스럽게 돌려 보던 강이 고개를 끄덕였다.

"그림 그리는데 손 조심해야지."

"응."

강은 얌전히 대답했다. 강에게 잡고 일어나라는 뜻으로 손을 내밀었을 때다.

"선생님, 저기요!"

우리는 일제히 소리가 나는 쪽으로 고개를 돌렸다. 그곳에는,

"너네 거기 그대로 있어라!"

3반 담임, 그러니까 강과 김경은의 담임인 정어리와 이름 모를 소녀 하나가 달려오고 있었다.

나와 엄지연과 김경은과 강은 정어리에게 붙잡혀 교무실로 향했다. 상황이 어떻게 전개될지 뻔히 예상되어 한숨만 나올 뿐이었다. 정어리는 오자마자 강의 얼굴을 살폈고, 나를 잡아먹을 듯한 표정을 지었다. 아, 피곤하다.

"왜 그랬어."

복도를 걸으며 강이 나를 타박했다. 우리를 데리고 올라가던 정어리가 돌연 뒤를 돌아보며 소리를 꽥 질렀다.

"지금 뭐라고 속닥거리는 거야! 빨리 안 올라와?"

우리는 입을 딱 다물고 교무실까지 갔다. 정어리와 강, 엄

지연, 김경은, 그리고 내가 들어가자 교무실 안에 있던 사람들이 알 만하다는 표정을 지었다.

"수현이 저 도와준 거예요."

금방이라도 눈물을 떨굴 듯 청승맞은 얼굴로 강이 말했다.

하지만 자리에 있던 선생님들의 눈에는 의심이 가득했다. 나는 우리 담임인 오지랖을 쳐다보았다. 그때, 한쪽 구석 소파에 앉아 있던 법사가 말했다.

"박수현? 너 내가 그럴 줄 알았어."

그 말에 오지랖이 언성을 높였다.

"아니, 왜 정황도 안 알아보시고 아를 죄인으로 몹니까?"

"오 선생님. 현행범인데 무슨 말이 필요해요?"

정어리가 우리를 끌고 교무실로 올라온 건, 뭐, 자기 학생이 구석진 곳에 쓰러져 있고 그 앞에 내가 있었다는 정황상 그럴 수 있다고 치자. 하지만 이 상황은 씁쓸하다고밖에 할 수 없었다. 우리가 비엔나소시지처럼 일렬로 쭉 들어오자마자 모두가 당연하다는 듯 나는(엄밀히 말하자면 나와 엄지연은) 가해자고 강은 피해자라고 생각했고, 그게 진실이 아닐 수 있다는 가능성을 품고 있는 사람은 아무도 없었다.

"수현이는 정말 저 도와줬다니까요."

강이 발을 동동 굴렀다.

"막말로 진희 쟤가 협박당했다거나, 보복이 두려워서 저러는 건지 어떻게 아냐고요."

법사가 차갑게 내뱉었다. 나는 울컥했다. 강이 제 담임의 팔뚝을 살살 흔들면서 말했다.

"선생님, 선생님은 아시잖아요. 저 괴롭히는 애들은 김경은네 애들이잖아요."

"조폭이니? 파도 있고?"

법사가 또 끼어들었다.

"아, 그렇게 억울하면 네가 말해 봐. 박수현. 거기서 뭐 하고 있었는데?"

"애네 싸우는 거 말리다가, 강진희 쓰러진 거 일으켜 세우려고 손 내민 건데요."

"정 선생님, 맞아요?"

정어리가 당황하며 말했다.

"아…… 그게……."

법사가 한쪽 눈썹을 찡그리며 나를 바라보았다.

"니가 생각하기엔 손 내미는 거라도, 당하는 사람이 위협적이라고 느끼면 그거 폭력이야."

법사의 말이 정말 비논리적이라는 걸 알고 있지만 나는 나도 모르게 주눅이 들었다. 그러나 나는 티를 내지 않으려고 안간힘을 썼다.

"손 내민 게 무슨 폭력이에요? 최소한 상황이라도 좀 알아보고 말을 하세요."

"다른 게 폭력인 줄 알아? 너 학교 폭력이 뭔지 알긴 하니? 요즘 이런 거 뉴스 뜨고 그러는 거 못 봤어? 뉴스 안 보니?"

마법사가 피식 웃었다. 나는 이렇게 생각한다. '알긴 하니?'와 '아니?' 사이에는 큰 갭이 있다고. 눈을 세모꼴로 치켜뜨고 법사를 바라봤다. 그녀도 똑같은 눈을 하고 나를 봤다.

"친구가 그 꼴 당하고 있는데 그럼 그냥 모르는 척하는 게 잘하는 거예요?"

"누가 그렇대? 그러니까 애초에 그 구석진 데를 왜 가?"

법사가 팔짱을 끼며 카랑카랑하게 소리를 질렀다.

"담배 피우러 갔겠지, 뭐."

법사가 이겼다는 표정으로 나를 바라보았다. 나는 고개를 숙였다. 분해서 눈물이 날 것 같았다.

"저 담배 안 피우는데요."

"그러시겠지."

"아니, 선생님. 여기서 담배가 왜 나옵니까."

오지랖이 내 편을 들었다.

"그럼 제가 흡연 학생 지도도 못 해요?"

"아니, 그런 뜻이 아니고, 수현이가 담배 폈는지 안 폈는지 사실 여부도 모르는 데다가, 대강 들어 봐도 수현이가 진짜 진희 도와준 것 같은데, 왜 그런 식으로 얘기하시냐는 거예요."

억누르고 있다는 것을 일부러 드러내며 오지랖이 조근조근 일러 주었다. 교무실에 끌려온 나를 두고 담임 선생님과 다른 선생님이 싸우는 상황은 내게 익숙했다. 학생이 잘못을 저질렀을 때 가장 호되게 혼내는 게 담임이지만, 또 확실하게 내 편이 되어 주는 것 또한 담임이었다.

"제 학생이라서 그러는 거 아입니다. 수현이가 학생부 자주 끌려 다니고 그러는 건 맞지만, 수현이 다른 애 괴롭히고 그러는 애 아닙니다. 담배 피우다 걸린 적도 없어요."

나나 강이나 엄지연에게 상황을 차근차근 설명할 그 어떤 기회조차 주지 않은 채, 오지랖과 법사는 싸웠다. 무릎을 꿇고 애원하고 싶은 심정이었다. 그러지 마세요. 미워하지 말아 주세요. 제발.

"선생님."

제삼자의 목소리가 들리며 교무실이 조용해졌다. 나는 소리가 난 곳으로 고개를 돌렸다.

"저도 봤어요."

윤이었다. 파리한 안색을 한 몰골로 교무실 미닫이문 앞에 서 있었다.

"엿들은 건 죄송합니다. 아까 보건실에서 올라오다 봤어요. 오늘 몸이 너무 안 좋아서 야자 좀 빼 달라고 말씀드리러 왔다가……."

윤이 효과적으로 말을 흐렸다.

"경은이네가 진희 때리고 있었는데, 수현이가 말렸어요. 그리고 쓰러져 있던 거 일으켜 세워 주려는데 3반 선생님이 오셨어요."

몇 마디 들은 것을 조합해서 만든 그럴듯한 거짓말이었

다. 때마침 오자 2부가 끝났음을 알리는 종이 울렸다. 이 쇼를 하면서 한 시간을 보낸 것이다. 조용하던 복도가 가방을 멘 아이들로 소란스러워졌다. 법사는 입을 꾹 다물었고, 오지랖은 먼 산을 바라보았다. 정어리는 불안해 보였다. 윤이 쐐기를 박았다.

"수현이는 아무 잘못 없어요. 선생님."

나는 수줍게 웃으며 속으로 말했다,
좆 까세요

:강

나와 박의 사건은 대충 무마되었다. 믿을 만한 목격자도 나타났고(거짓말이었지만), 정어리도 박이 나에게 해코지를 하는 걸 보지는 못했으니 어쩔 수가 없었기 때문이지. 엄지연과 박에 대한 의심이 걷힌 것은 아니었다. 나는 희미한 죄책감과 분노와 혼란과 연민이 뒤섞인 기분으로 담임에게 다가갔다.

　"저 이제 미술 학원 갈게요."

　무섭거나 초조하지 않을 때도 내 목소리는 가늘게 떨린다. 아버지를 피해 구석에 웅크리던 어렸을 적의 공포가 목구멍에 눌어붙었기 때문이다. 나는 내 목소리가 타인에게 동정심을 유발한다는 사실을 아주 잘 알고 있었다. 나는 고개를 푹 숙였다. 담임은 어색하게 내 어깨를 팡팡 두드렸다.

　"그래! 미술 열심히 하고! 파이팅! 선생님은 언제나 너 그림 그리는 거 응원하는 거 알지?"

그녀의 손끝이 닿은 어깨부터 시작된 소름이 등줄기를 타고 흘렀다. 불현듯 오싹해진 나는 팔뚝을 매만지며 어서 이 오한이 지나가길 기다렸다.

야자를 빠지고 실기 준비를 하러 학원에 가려면 담임의 동의가 필요했다. 학기 초, 그 얘기를 꺼내자마자 담임은 굳은 표정으로 내게 자리를 권했다. 그러곤 진학 상담 파일에서 내 모의고사 성적표 뭉치를 꺼냈다. 언어 1, 외국어 2, 사탐 두 개 평균 2.5, 그리고 수학 7등급.

수포자냐고 묻는 질문에는 확연한 경멸의 어조가 담겨 있었다. 나는 미대 지망생이고, 미대는 서울대를 제외하면 어디서도 수학을 반영하지 않는다고 대답하니 담임은 나를 비웃었다. 너 수포자여서 미술하는 거 내가 모를 줄 아니? 그런 애들이 한둘인 줄 알아? 창작이 쉬운 줄 아냐고. 까불지 말고 가서 공부나 해. 요즘은 개나 소나 미술한다고.

이러다가 내가 서울의 꽤 유명한, 툭 까놓고 말해서 미대 하면 딱 생각나는 그 대학교에서 한 실기대회에서 1등 상을 받아 오자마자 담임은 내 두 손을 꼭 붙잡으며 말했다. 난 네가 해낼 줄 알았다, 진희야. 그다음에 내가 또 꽤 좋은 실기대회에서 2등 상을 받아 오자 이렇게 말했다. 너 나중에 유명한 화가 되면 인터뷰에서 선생님 이름 얘기해 줘야 한다? 나는 수줍은 듯이 웃으면서 속으로 이렇게 대답했다. 좆 까세요.

나는 이번에도 겉으로는 수줍은 미소를 지으며 교무실을 나섰다. 학원으로 향하는 버스에 올랐다. 버스는 한산했다. 나는 버스 좌석에 구겨지듯 앉아 휴대폰을 꺼내 혹시 집에서 연락이 왔는지를 살폈다. 아마 담임은 오늘 오후에 있었던 그 말썽을 집에다 미주알고주알 일러바쳤을 것이다. 담임은 학교에서 있었던 사소한 사건까지도 모두 부모님에게 알리는 성격이었다. 자녀의 상황을 부모에게 알리고 함께 해결 방안을 모색하자는 의도라기보다 아무것도 스스로 책임지고 싶지 않기 때문일 것이다.

오늘도 집에 들어가면 아버지가 불같이 화를 낼 것이다. 요 며칠 특히 기분이 좋지 않아 보였으니 아마 몇 대 맞을지도 모르겠다.

아버지는 자식이 학교에서 괴롭힘을 당한다는 것을 받아들이지 못했다. 처음으로 학교 선생님이 집으로 전화를 했던 날, 우리 집에는 전쟁이 일어났다. 아버지가 속된 말로 야마가 돌아 나를 무자비하게 때렸다. 아버지는 내게 일말의 안쓰러움도 내비치지 않았다. 아버지는 언제나 성난 고슴도치처럼 날을 세우고 자신을 과잉 방어하기 바빴다. 언젠가 엄마에게 울면서 그 얘기를 하자 엄마는 아버지가 속이 상해서 그런 거라고, 단지 표현 방식이 잘못되었을 뿐이라고 했다. 그러나 그것이 진실이 아니라는 것은 누구보다도 엄마가 가장 잘 알고 있다.

우리 가족은 처음부터 삐걱거렸다. 유치원을 마치고 집으로 돌아가도 부모님 앞에서 〈곰 세 마리〉를 부를 수 없었다. 아마도 결혼할 무렵에는 엄마와 아빠도 서로를 사랑했을 것이다. 그런데 내가 태어나던 무렵 그들은 서로 사랑하지 않게 되었다. 이미 끝난 사랑의 결실인 나는 탄생과 동시에 애물단지가 된 것이다. 당연한 일이었다. 우리는 악연이다.

내가 처음으로 아버지한테 맞았던 것은(전적으로 내 기억에 의존했을 때) 초등학교 1학년 무렵이었다. 엄마는 '애를 괴롭히지 마라' 정도로 무성의하게 아버지를 말렸고, 아버지는 당연히 들은 척도 하지 않았다. 아버지 말로는, 내가 싸가지

없는 짓을 해서 아빠를 매일 화나게 만든다고 했다. 덧붙여 내 싸가지를 다스릴 방법은 매밖에 없다고 했다. 아빠는 나에게 고함을 질렀고 나는 겁에 질려 우느라 묻는 말에 대답을 못 했다. 그랬더니 아빠는 내가 자기를 무시한다며 또 때렸다. 악순환의 반복이었다.

초등학교 1학년이 저지를 만한, 매로 다스려야 할 정도로 싸가지없는 짓이 무엇이었는지는 지금도 굉장히 궁금하다. 자신의 처지를 누구보다 잘 알고 있던 어린 나에게, 무슨 일을 저지를 만한 자신감이 있을 리가 없었다. 당시 나는 박수현이 부러웠다. 박에게는 그가 어떤 사고를 저질러도 절대 그를 버리지 않을 듬직하고 다정한 부모가 있었기 때문이다.

나는 그런 식으로 살았다. 잠이 오지 않는 밤, 침대에 누워 내 짧은 삶을 되돌아보면 목구멍으로 모래알이 넘어가는 느낌이 들었다. 폭력은 일상이었다. 언젠가 한번은 반항도 해보았다. 있는 힘껏 아버지의 손을 뿌리치며, 나한테 화풀이를 하면 기분이 좀 나아지냐고 소리쳤다. 아버지의 분노가 그의 열등감에서 비롯되었다는 사실은 진작 알고 있었다. 아버지는 가지고 싶은 것(돈, 명예로운 직업, 아들, 순종적인 가족)

은 하나도 가지지 못했고, 가지기 싫은 것(빚, 먹고살자고 하는 부박한 일, 딸, 붕괴된 가정)만 억지로 껴안고 있었다. 정곡을 찔린 아버지는 더욱 흥분해서 날뛰었고, 그때만큼은 나도 쥐새끼처럼 굴지 않았다. 머리카락이 한 줌은 뽑히고 눈썹 주위가 찢어져 피가 흘렀다. 딸이 피를 철철 흘리는데도 아버지는 나를 더 어떻게 하지 못해 안달이었다.

그날, 혼자 병원에 가서 상처를 꿰매면서, 더 이상 아버지와 엄마를 나와 같은 인간이라고 생각하지 않기로 했다. 그는 괴물이었다. 나는 괴물과 살고 있었다. 뼛속까지 비참해지는 기분이었다.

학원 문을 열고 들어가며 원장 선생님께 꾸벅 고개를 숙였다. 즐거운 대화와 웃음소리가 후다닥 그치며 어색하고 건조한 분위기가 돌았다.

아무도 나한테 인사하지 않는다. 여자애들은 모두 나를 싫어했고, 남자애들이랑은 더 안 좋은 소문이 날까 봐 내가 일부러 말을 걸지 않았다. 그들은 나를 없는 사람 취급하다가, 내가 가까이 다가가면 날 더럽다는 눈초리로 쳐다보고 수군

거렸다.

　나는 아무것도 모르는 척 이어폰을 깊게 꽂고 영국 밴드의 음악을 들었다. 학원에서는 언제나 라디오가 흘러나오지만 나는 절대 라디오를 듣지 않는다. 즐겁게 수다를 떨고 낭랑한 목소리로 웃어 대다가 기어코 즐거운 음악을 틀어 버리는 그 방송을 도저히 듣고 있을 수가 없기 때문이다.

　언제더라. 윤이 내 엠피스리의 재생 목록을 구경하며 이렇게 말했다.

　"나도 라디오헤드 좋아하고 뭇도 좋아하는데, 이런 노래만 매일 반복해서 들으면 없던 정신병도 생기겠다."

　그러면서 더 스크립트니 킨이니 하는 밴드의 노래들을 받아 주었다. 윤을 방방 뛰게 만들었던 더 스크립트의 새 앨범을, 나는 10초만 듣고 모두 삭제해 버렸다. 며칠 뒤 윤이 자기가 준 노래 들어 봤냐고 물었을 때, 나는 거짓말을 할 수가 없었다.

　"왜? 별로야?"

　"어."

　그때 윤의 그 벙찐 표정이 아직도 기억난다.

"난 즐거운 노랜 별로야."

우울한 이야기는 이쯤 해 두고.

나는 미대에 갈 거다. 무언가를 그리고 있지 않은 나를 생각할 수가 없을 정도로 그림을 좋아한다. 하지만 내가 미술을 시작하게 된 건 그림이 좋아서가 아니었다. 나는 집에 있는 게 무서웠다. 나와 엄마와 아빠가 한 공간에 존재하고 있다는 것을 견딜 수가 없었다. 공교롭게도 그 무렵 아이에게 피아노나 바이올린이나 미술 같은 것을 가르쳐 교양과 여유를 갖춘 부모인 척하는 게 유행이었고, 나는 손쉽게 미술 학원 저녁반에 등록할 수 있었다.

학원에서 그림을 배운 지 두 달쯤 지났을까? 어느 날은 선생님이 자화상을 그려 보자고 했다. 나 자신을 그려 보는 것은 처음이었다. 날마다 학원에 일찍 가서 큰 거울 앞에 앉았다.

그리고 그 그림이 완성될 무렵이었다. 몇 시간째 그리고 있던 터라 조금 힘들어서 멍하니 앉아 잠시 쉬고 있었다. 선생님은 그런 나를, 아니 내가 그린 그림을 등 뒤에서 가만히 바라보았다. 선생님은 원래 미주알고주알 가르쳐 주는 성격이 아니라 스스로 알아 갈 수 있게 힌트만 주는 스타일이었다. 그렇게 나도 선생님도 내 그림 앞에 한참을 있었다.

그러다 선생님이 나한테 굉장한 재능이 있다고 했다. 재능이라니. 굉장하다니. 그런 좋은 단어가 나를 위해 쓰일 수 있다고는 생각해 본 적이 없었다. 수업이 끝날 때쯤 선생님은 엄마한테 전화를 걸어 잠시 학원으로 오라고 했고, 나를 미대에 보낼 것을 권유했다. 미술에 대해 잘 모르는 엄마를 위해 내 그림을 하나하나 짚으며 설명해 주기도 했는데, 그중에서 그날 완성한 나의 자화상은 빠져 있었다.

그날 밤, 잠을 설쳤다. 마음이 무거웠다. 다음 날, 나는 선생님한테 조용히 고백했다. 저는 그림에 별 관심이 없고 단지 집에 있기가 너무 싫어서 여기 오는 것뿐이라고. 나의 비장한 표정 때문인지 아니면 선생님 자신의 기민한 감 때문인지는 모르겠지만, 선생님은 '집에 있기 싫다'는 내 말을 사춘기의 흔한 투정으로 치부하지 않았다. 나는 아주 조금 더 용기를 냈다. 저는 아버지가 싫어요.

"아버지에게 가벼운 복수를 할 수 있을 정도로 괜찮아지면 그만 그리고 싶어요."

그림에다 한껏 우울함을 토해 내고 나면 뭔가 괜찮아지는 것 같았다.

"그림을 그리는 게 너를 괜찮아지게 하니?"

"네?"

"그럼 네 그림을 보고 다른 사람이 괜찮아질 수도 있어."

그렇게는 생각해 본 적이 없었다. 굉장한 한마디였다. 그러고 나서 선생님은 나한테, 우울한 것도 충분히 아름다울 수 있다고 말했다. 나한테 그만 우울해하고 희망을 가지라고 말하지 않은 어른은 선생님이 유일했다.

갑자기 이어폰이 확 뽑혔다. 나는 이런 일이 너무 익숙해서 유유히 엠피스리 전원을 껐다.

"강진희 일찍 왔네?"

안현우가 내 옆에 이젤을 펼쳤다.

"너 그쪽에 앉으면 정물 테이블 잘 안 보이잖아."

"실기 보러 가서 내가 정면에 앉을지 측면에 앉을지 45도에 앉을지 어떻게 알아. 다 연습해야지."

"내 옆에 앉고 싶어서 그러는 거 다 알아."

안현우가 나를 한심하게 바라보면서 내 머리카락을 잡아

당겼고 나는 안현우에게 손가락 욕을 먹여 주었다. 그러거나 말거나 안현우는 호들갑을 떨면서 종알종알 제 얘기를 늘어놓기 시작했다.

"야, 어제 학원 마치고 집에 갔는데 대박 사건."

"뭐?"

"집에 갔는데 배추 있었어…… 공포…….'"

안현우가 징징거렸다. 나는 오랜만에 폭소했다. 배추는 정말 유용하고 맛있는 채소이지만 그릴 때 시간이 너무 많이 걸려 모든 입시미술 정물화 파트 아이들을 곤란에 빠지게 한다.

"아버지가 배추를 먹겠다고 사 올 사람이 아닌데 도대체 어디서 나왔는지 모르겠어."

"불쌍하다. 집에 가서도 배추를 또 보다니…….'"

나는 안현우의 등을 토닥였다.

안현우랑 친구를 먹은 날이 기억난다. 올해 5월쯤에 안현우가 학원에 등록했다. 원래 다른 학원을 다니다가 입시에 실패하고 우리 학원으로 옮겼다고 했다. 나는 그에게 아무런 관심이 없었다.

정말 아무한테도 하지 못했던 이야기를 들려주자면, 그때 나는 자해를 하고 있었다. 아주 조금씩만, 남들한테 들키지 않을 정도로만. 손가락의 살점을 쌀알보다도 작게 도려낸 적이 천 번이 넘어가는 시점이었다. 누군가 나에게 손이 왜 그 모양이냐고 물으면, 연필을 깎다가 다쳤다고 대답했다.

내가 손가락을 도려내는 이유는 아주 단순하다. 아버지한테 맞는 것보다 그 조그만 상처가 훨씬 아팠기 때문이다. 한 번만 도려내 보면 안다. 손에 생긴 상처는 스키니 진 주머니에 밀어 넣는 것만으로도 다시 터져 버린다는 걸.

나 자신에게 고통을 가할수록 삶에 대한 두려움이 조금씩 가셨다. 아버지보다 나를 더 아프게 할 수 있는 게 나라는 것이 계속해서 상기되지 않으면 너무 비참했다. 그렇게 피가 울컥 나는 것을 보지 않으면 도무지 내가 살아 있는 사람이라고 느껴지지 않기 때문이기도 했다.

"너 손이 왜 그래?"

안현우였다. 오지랖이 넓은 애라고 생각했다. 어차피 내 소문을 들으면 다시는 나랑 이야기하지 않을 것이라고 지레짐작했기 때문에 대답을 안 했더니 내 어깨를 잡고 대답을 채

근했다. 그런데 하필 그게 아버지에게 맞은 곳이라서 나는 펄쩍 뛰었다. 안현우가 깜짝 놀라며 두 손을 들었다.

"손 왜 그러냐고 물어보려는 거였어. 미안."

그러더니 되레 울컥해서 소리쳤다.

"그러게 왜 사람이 묻는데 대답을 안 하냐?"

"연필 깎다가 다쳤어."

"뻥치시네. 네가 우리 학원에서 제일 많이 그리고, 제일 잘 그린다며. 미대 입시생은 남들보다 연필을 백만 배는 더 깎는데 손이 이렇게 만신창이인 게 말이 되냐?"

나는 당황했다.

"그럼 어깨는 누가 그랬어?"

안현우는 갑자기 주위를 살피더니 자기 티셔츠 목 부분을 옆으로 잡아당겼다.

"우리 똑같은 자리에 멍 있다. 커플 멍."

안현우는 고급 농담이라도 한 듯이 유쾌하게 웃었다.

"넌 누가 그랬어? 난 우리 아빠가 그랬는데."

실없이 굴던 안현우가 갑자기 갈비뼈 사이를 콱 찔렀다. 나는 안현우를 쳐다봤다. 안현우 또한 나를 쳐다봤다.

"나도 아빠가 그랬어."

우리 사이에 뭔가 공유되고 있다는 확신이 들었다. 근거는 없었다. 그냥 그런 느낌이 들었을 뿐이다. 걔 아빠가 아끼는 물건을 깨 먹어서 그냥 한 대 맞았을 수도 있는 거였다.

"너도 아빠가 좆같지."

나는 내가 아빠를 증오한다는 티를 낸 적이 있는지를 곰 곰이 되짚어 봤다. 아무리 생각해도 없었다. 나는 안현우 를 바라보면서 천천히 고개를 끄덕였다. 우리는 서로 왜 맞 았냐고 묻지 않았다. 이유가 없다는 걸 쉽게 짐작할 수 있 기 때문에.

얼마 지나고 나서 나는 내가 자해하는 이유에 대해서 안 현우에게 말해 주었다. 안현우가 고개를 갸웃거리다가 잠시 고민하다가 안 되겠다며 고개를 젓다가 다시 고민하다가 나 에게 말했다.

"더 좋은 방법을 가르쳐 줄까?"

안현우가 휴대폰에서 어떤 사진을 보여 줬다. 집이 좆같은 사람들은 밖에 나와서도 기분이 매번 좆같을 수밖에 없는데, 안현우는 언뜻 천진난만하게만 보였다. 나는 그에게 어떻게 그럴 수 있냐고 물어봤었는데 그는 가르쳐 주지 않았다. 안현우는 그 질문에 이제야 대답했다.

"이거면 홀가분해질 수 있어. 조금은. 나는 그랬어."

나도 고개를 끄덕였다. 언제까지고 혼자 웅크리고 있을 수는 없는 노릇이다.

추억을 회상하다 보니 모두가 가장 기다리는 시간, 9시가 되었다. 9시부터 30분간은 심야 입시반이 시작되기 전, 간식 시간이었다. 오늘도 땡 하자마자 안현우가 내 팔을 잡아 일으켜 세웠다.

"오빠 배고파 죽겠다. 뭐 좀 먹으러 가자."

학원을 우르르 빠져나간 아이들은 끼리끼리 모여 아래층 분식집으로 들어갔다. 우리는 저곳에 갈 수 없다. 안현우라면 메뉴 하나를 시켜 놓고 현역과는 어울리기 싫은 재수생 흉내를 내면 그만이지만 내가 저곳에 들어섰을 때 벌어질 일들은 상상도 하기 싫을 만큼 무안하고 끔찍한 것이다. 우리는 걸어서 5분 거리에 있는 편의점으로 갔다.

삼각김밥을 고르려고 진열대 앞에 서 있는데 안현우가 슬쩍 물었다.

"야, 너 그거, 눈, 또 아빠가 그런 거냐?"

눈썹 바로 밑에 진짜 옅게 든 멍이어서 잘 보이지도 않는데 귀신같다. 역시 안현우는 색에 대한 감각이 뛰어나다. 블렌딩도 잘하고, 아니, 이 얘기가 아니고.

"그렇지, 뭐."

"아이섀도 바른 것 같다."

내가 어이없는 표정을 짓자 안현우는 자기도 이건 아니라고 생각했는지 오만상을 썼다.

"아, 씨발. 나 방금 존나 눈치 없었지."

"아니……. 뭐 병신 같고 나쁘지 않았어."

"나 때릴래?"

안현우가 자기 머리를 들이댔다.

"아니."

"미안하니까 참치마요 내가 살게."

"스팸참치마요가 더 맛있는데."

"입맛이 고급스러우시네요."

스팸참치마요와 매운 컵라면 하나, 이름도 제대로 안 보고 고른 또 다른 삼각김밥을 계산한 안현우는 편의점 정수기로 가 물을 부었다. 나는 그것을 물끄러미 바라보면서 삼각김밥을 먹고 있었다. 문득 안현우가 물었다.

"너 어차피 특별 전형으로 갈 거잖아. 근데 왜 인체 그려?"

"그냥."

내 무성의한 대답에 안현우가 잠시 나를 째려봤다. 빨리 말하라는 무언의 압박이었다.

"사실은…… 대학 가면 자유롭게 그림 그릴 수 있잖아. 그럼 나는 사람을 그릴 거야."

안현우가 고개를 박고 라면을 먹다 말고 나를 쳐다봤다.

"내가 보는 아빠가 얼마나 괴물 같은지 그림으로 그려서 아빠한테 선물할 거야."

나는 남은 스팸참치마요를 한입에 다 넣고 우물거리며 덧붙였다.

"내면의 고통을 예술로 승화시키는, 뭐 그런 거랄까."

안현우는 손가락을 치켜들었다. 우울한 이야기를 한 김에 화끈하게 학원을 째고 노래방에 가서 소리를 지른다거나, 하다못해 피시방에서 카트라이더라도 했으면 좀 멋있었겠지만,

우리는 재미없게 다시 학원으로 올라갔다.

　미술 학원이 끝나는 시간이 다가왔다. 하나둘씩 학원을 빠져나가고 원장 선생님과 우리만 남았다. 우리는 원장 선생님께 조금만 더 그리다가 가겠다고 말했고 선생님은 우리에게 열쇠를 맡기고 퇴근했다.
　"나 집에 전화 좀 할게."
　그래도 집에 전화는 해야 한다. 아니면 늦게 들어오면서 전화도 안 했다고 맞을 수도 있다. 안현우는 집에 전화할 필요가 없었다. 아빠와 둘이 사는데 아빠가 집에 잘 안 들어온다고 했다. 아빠가 집에 잘 안 들어오다니, 너무 부러웠다.
　나는 엄마한테 전화를 걸었다.
　"엄마. 저 실기 좀 더 하다가 아래층 독서실 수면실에서 자고 학교 갈게요."
　"집에 빨리 와라. 아버지 화나셨다."
　"저 실기 지금 좀 급한데 엄마가 말 좀 잘 해 주시……."
　"아버지 너 때문에 화나셨다고. 이 정도 말하면 알아들어야지."

나는 알겠노라며 통화를 종료했다. 눈치 하나는 귀신같은 안현우가 다녀오라는 듯이 눈짓을 했다.

나는 다시 혼자가 되었다. 집에 들어가기가 두려웠다. 나는 아버지 앞에서 세상에서 가장 작은 존재가 되었다. 나는 비장한 마음으로 집, 현관문 앞에 섰다. 몇 개의 버튼을 누르고 문을 열자마자, 벼르고 있었던 것 같은 아버지와 부닥쳤다.

"다녀왔습니다."

들렸을까. 아버지가 소파에 앉아 나를 노려봤다. 엄마는 아버지의 눈치를 보고 있었다.

"도대체 뭐가 문제야."

아버지가 한숨을 쉬었다. 나는 반사적으로 고개를 옹송 그렸다.

"너처럼 팔자 좋은 애가 어디 있어. 공부를 하라고 해, 폰을 안 바꿔 줘, 옷을 안 사 줘?"

물론 나는 공부를 하라는 압박도 받지 않고, 휴대폰도 최신 기종을 쓰고, 옷도 제법 잘 사 입는 편이었다. 아버지는 나에게 어떠한 빌미도 주지 않기 위해 노력한다. 내가 만약에 신데렐라처럼 구박을 받았더라면, 내가 일으키는 문제에 일말의 정당성이 생길 테니까.

"아버지 어렸을 때는 얼마나 힘들었는 줄 알아?"

아버지가 일장 연설을 시작했다. 잔소리가 아니었다. 폭격기 수준의 소음이었다.

"가만히 앉아서 공부나 하다가 편한 직장 떡 얻으면 되는데 왜 이렇게 자꾸 문제를 일으켜! 호강에 겨워서는. 에라이, 씨……."

발. 입 모양으로 아빠의 말을 끝맺자마자 눈물이 툭 떨어졌다.

"저, 저 봐! 하여간 계집애들은 이게 문제야."

아버지는 내게 손가락질을 했다.

"병신같이 울지만 말고 뭐라도 해! 맞고만 있지 말고 좀 어떻게 해 볼 생각을 하라고! 요즘 것들은 어른들이 다 해 주는 것만 받아 처먹고 커 가지고 혼자서는 할 줄 아는 게 없어."

아버지는 안방 문을 쾅 닫고 들어갔다. 문틈으로 악의가 뱀처럼 기어 나왔다.

"맞은 얼굴 꼬라지 좀 봐라. 푸르딩딩해 가지고, 쪽팔린 것도 모르는 년."

나는 힘없이 내 방으로 들어갔다. 아빠가 낸 상처인데. 침대에 가방을 내려놓자마자 수도꼭지처럼 눈물이 후두두 떨어졌다.

> 좀늦ㅈ을수도잇을듯

글자가 엉망이었지만 알아보겠거니 하고 전송을 눌렀다.

문이 열리고 엄마가 들어왔다. 엄마는 내게 바투 앉아 약을 발라 주었다. 나는 그 손길에 더욱 서러워져 눈물을 뚝뚝 흘렸다.

"엄마…… 나 좀 어떻게 해 줘……."

하지만 엄마가 나를 구원해 줄 수 없음은 이미 알고 있다.

"아버지 들으실라."

오늘도 엄마는 몸을 사렸다. 이렇게 책임지지도 못할 거 날 왜 낳았어……. 아예 낳지 말지……. 그럼 이렇게 괴롭지도 않았을 텐데…….

"아버지가 그렇게 무서워? 내 아버지지 엄마 아버지야? 엄마는 왜 아버지를 아버지라고 불러?"

"진희야."

문득 손에 진동이 울려 휴대폰을 확인했다.

> 괜찮?

> 괜찮?

윤과 박이었다. 답장을 하지는 않았다.

나는 눈을 감고 울렁대는 속이 진정되기를 기다렸다. 1시까지는 어떻게든 기분이 괜찮아질 것이다. 엄마가 나가고 나는 이어폰을 꼈다. 시를 읽는 것처럼 나직하고 무심한 목소리가 흘러나왔다.

내가 뭘 알겠어. 내가 뭘 하겠어.

슬프지 않아. 그냥 아련할 뿐. 뭘.

아련하기도 한데 나는 아직 슬펐다. 나는 작은 소리로 마지막 가사를 따라 불렀다.

괜찮아.

4

아름다운 것 같기도,
흉측한 것 같기도

:박

윤은 독서실로 갔고 강은 학원에 갔다. 나는 홀로 집으로 돌아왔다. 집에 와서도 나는 혼자였다. 아빠가 돌아가신 후로 늘 그랬다. 나는 보지도 않는 텔레비전을 틀어 놓은 채 밥을 차려 먹고, 설거지와 청소를 했다. 한 시간 정도 쩌렁쩌렁한 소리로 볼륨을 키워 놓고 인터넷 강의를 듣다가 침대에 누웠다. 적막한 집이 나를 집어삼키는 것 같아서 다급히 휴대폰으로 음악을 틀었다. 강이 좋아할 법한 우울한 음악이 나왔다.

강이 미술 학원에서 쭉 왕따를 당하다가 처음으로 친구를 사귀게 되었고, 그 친구의 이름이 안현우라고 말한 것은 벌써 초여름쯤의 일이었다. 흔하다면 흔한 이름이었다. 하지만 어쩐지 이상한 기분이 들어서 엄지에게 물은 적이 있었다.

"너 혹시 안현우라고 아냐?"

"우리보다 한 살 많은 안현우? 학교 짤린? 너도 알잖아."

내가 골똘히 생각하고 있으니까 엄지연이 내 어깨에 턱을 올리면서 말했다.

"작년 수능 끝나고 까마귀 언니네 집에 있던 사람이잖아. 기억 안 나냐?"

안현우에 대한 기억이 번개처럼 떠올랐다. 작년 수능을 친 날 저녁에, 나랑 엄지연을 잘 챙겨 주던 까마귀 언니가 불러서 언니의 자취방에 갔었다. 우리가 도착했을 때는 이미 축제 분위기였다. 우리를 포함해서 총 일곱 명이 코딱지만 한 자취방에 꾸역꾸역 들어갔는데, 그중에서 마지막으로 등장한 게 안현우였다. 이목구비는 평범했는데, 어딘지 모르게 분위기가 흉흉한 사람이었다. 고등학교를 자퇴했다고 했는데, 권고 자퇴였으니 실상 퇴학이나 다름없었다.

게임도 하고 수다도 떨고 언니, 오빠들이 수능을 망친 이야기도 들으면서 우리는 나름대로 재미있게 놀았다. 처음에는 정답게 모여 놀았으나 나중에는 다 따로 놀았다. 나는 소맥을 1과 3분의 1잔 먹고 해롱해롱하면서 엄지연한테 실없는 소리를 늘어놓고 있었고 엄지연은 내가 술을 못 먹어서 재미가 없다며 나에게 욕을 하고 있었다.

갑자기 나와 엄지연의 머리 위로 반 이상 담긴 사이다병이 날아갔다. 머리에 사이다가 쏟아졌고 병이 날아온 곳을 쳐다보기도 전부터 괴성이 이어졌다.

"봐 봐! 이 씨발새끼야."

구석에 처박힌 페트병이 토하는 사람처럼 꿀렁거리며 남은 사이다를 뱉고 있었다. 까마귀 언니가 한숨을 쉬면서 벗어 놓은 자기 야상 소매로 사이다를 대충 훔쳤다.

"봐 보라고."

안현우는 악을 썼다. 나는 겁에 질려 엄지연을 바라보았다. 같이 있던 오빠 중 한 명이 어색하게 웃으며 안현우를 말렸다.

"이 새끼가 수능을 존나 말아먹었나. 왜 이래."

다른 한 명 또한 그를 말리며 우리에게 말했다.

"이 새끼 원래 술만 처먹으면 이래."

안현우는 몹시 화가 난다고 했다. 붙잡는 친구를 때리고 손에 잡히는 건 다 집어 던졌다. 안현우는 화가 나면서도 슬픈 것 같은, 뭔가 기묘한 표정을 지었는데, 그때 나는 문득 그런 표정으로 울던 사람이 기억났다. 예전에, 초등학교 때, 우리 집으로 몰래 도망쳐서 하룻밤을 자면서도 무서워서 기어이 벽장 안으로 들어갔던 사람.

"니네 집 개새끼가 하는 짓을 왜 네가 똑같이 하고 있어."

누군가의 말에 정곡을 찔렸는지 안현우는 실소했다.

"그니까, 씨발. 그게 존나 좆같다고."

이 더운 여름밤에 검은색 긴팔 후드를 챙겨 입었다. 후드를 단단히 쓰고 끈을 조여 리본을 묶었다. 손 안에서 진동이 두 번 느껴졌다. 자기는 괜찮다는 강과, 자기를 먼저 만나서 강에게 가자는 윤이었다.

윤의 집 앞까지 걸어왔는데 윤은 안 나와 있었다. 나는 메시지를 보냈다.

> 5초 내로 안 나오면 니네 집 벨 누른다

윤은 후다닥거리며 튀어나왔다. 윤이 말했다.

"강은?"

"괜찮대. 지금 오고 있대."

"개랑 같이?"

나는 고개를 끄덕였다. 윤이 갑자기 내 어깨를 잡아 자기 쪽으로 돌려세우더니 내 머리카락 사이로 손을 집어넣어 막 부풀렸다.

"왜 이래, 돌았냐?"

"우리는 지금 강을 보러 가는 게 아니야."

"이건 또 무슨 소리야."

"그 안씨, 이름이 뭐더라? 어쨌든 강 모쏠 탈출시켜 줄 개를 처음 만나는 거잖아."

사실 나는 초면이 아니었지만 내가 안현우와 만난 적이 있다고 말하면 윤은 언제 그랬냐고 물어볼 거고, 그러면 안현우의 저 엄청난 주사를 이야기해야 할 거고, 그러면 또 저 다혈질인 기집애가 절대로 강을 줄 수 없다고 생쇼를 할 게 분명하기 때문에 나는 그냥 처음 보는 척하기로 했다.

"그런데?"

"그니까 우리가 존나 기선 제압을 해야지."

"드라마 찍냐……."

"아니야! 기선 제압이 얼마나 중요한데!"

그러더니 갑자기 후드 주머니에서 담배를 꺼냈다.

"그러니까 걔네를 만나기까지 한 15분 정도 남은 거지? 그럼 나는 대충 14분 후에 담배에 불을 붙여야겠다! 그러면 우리가 딱 마주칠 때 꽁초가 되어 있겠지."

"아니 그딴 디테일이 뭐가 중요해."

"당연히 중요하지. 원래 디테일이 제일 중요해. 아, 하여간 넌 멍청이야."

"내 머리는 왜 이따위로 해 놓은 건데."

"갈기를 세운 거지. 생각해 봐. 니가 길을 가고 있는데 어떤 키 큰 언니가 머리를 붕 띄워 가지고 너를 째려봐. 그럼 어떻겠냐?"

"오, 존나 무섭지."

말이 안 되는 것 같으면서도 어쩐지 설득력이 있었다.

윤은 긴팔 후드의 소매를 팔꿈치까지 시원스레 걷으면서 존나 덥지 않냐고 말했다. 당연하다. 아직은 8월이니까. 이제 8월 말이니 곧 개학을 할 거고, 그럼 본격 수시 철이 될 거고, 그것마저 끝나면 수능을 칠 것이다. 시간이, 내가 원하는 것보다 훨씬 빠르게 지나가고 있었다. 긴 후드 덕에 벌써부터

온몸이 끈적거리기 시작했다. 아주 끈끈하고 뜨거운 것이 내 몸을 휩싸고 있는 것 같다.

우리는 만나기로 한 지점, 그 오렌지색 나트륨등 밑에서 강과 그의 친구를 기다렸다. 구부러진 골목길 너머로 덜그럭거리는 소리가 희미하게 들려왔다.

"오나 보다."

윤은 갑자기 후드를 뒤집어쓴 채로 바닥에 쪼그리고 폼을 잡았다. 그러니까 저게 기선 제압이라는 거야? 아무리 봐도 중2병 같은데…….

우리와 마찬가지로 계절에 어울리지 않는 검은 후드를 걸친 두 사람이 걸어왔다. 윤이 눈만 흘끗 들어 두 사람을 확인했다. 키가 좀 크고 마른 편인 남자는, 한 손에는 하드보드지 뭉치를, 다른 한 손으로는 아그리파를 든 채로 터벅거리며 걸어오다 우리를 발견하고 강(으로 추정되는 아이)에게 뭐라고 속삭였다.

강이 우리를 보고 손을 흔들었다. 강의 손에는 레이스 달린 라탄 바구니가 들려 있었다. 그 안에서 강의 발걸음에 맞춰 덜그럭거리는 소리가 났다.

나는 안현우의 등장에 조금 난처한 기분을 느꼈다. 자꾸 악을 쓰던 모습이 생각났다.

"아, 안녕하세요."

애매한 타이밍에 내가 먼저 인사를 했다. 역시, 안현우도 나를 기억하고 있었다. 우리는 서로만 겨우 알아볼 만한 눈빛을 교환했다.

"얘 오빠 아니야. 95년 3월생이야."

나와 윤이 동시에 대답했다.

"헐?"

"뭐야. 난 2월생인데?"

"아, 우리 엄마는 왜 쓸데없이 날 학교를 일찍 보내서 이런 수모를 겪게 하지?"

학교까지 걸어가는 동안 안현우는 자기가 재수하게 된 이야기를 장황하게 늘어놓았다. 우리를 제외하고 강의 유일한 친구이자, 왕따 타이틀과 더불어 미술 학원의 공식적인 걸레 타이틀을 붙여 준 김경은의 짝남인 안현우는 실제로 학교를 일찍 들어가서 우리보다 한 학년 빨리 다녔으나 고등학교 3학년 올라가는 겨울에 학교를 자퇴하고 검정고시를 친

뒤 작년에 수능을 쳤지만, 믿었던 언어는 너무 쉬워서 또 외국어는 너무 어려워서 탈탈 털린 후 지금 재수를 하고 있다는 이야기였다.

"작년 수능 언어는 좀 그랬지. 그래도 2011 수능보다는 낫지 않았나?"

"아, 그레고리력과 두더지의 환장."

"맞아. 집모의로 치는데도 존나 멘붕 왔어."

"우리가 올해 대학에 갈 수 있을까."

윤은 초반의 적대감을 내팽개치고 안현우와 신 나게 수다를 떨고 있었다. 나는 즐거운 윤과 우울한 강 사이에 끼어 이리저리 눈치나 보고 있는 중이었다.

초등학교 5학년 때 강이 우리 집에 온 적이 있었다. 강과 같은 아파트에 살 때였다. 그때도 여름이었고, 그때도 집에는 나 혼자뿐이었다. 밤 10시 정도로 기억한다. 초인종이 울려서 인터폰을 봤더니 강이 파자마 바람으로 서 있었다. 나는 문을 열었다. 나는 그때도 키가 큰 편이었고 강은 작은 편이었다. 강이 덜덜 떨며 내 겨드랑이 밑으로 숨어들었다.

나는 도대체 뭘 어떻게 해야 할지 몰랐다. 아마 지금 똑같은 상황이 벌어진다고 해도 나는 어떻게 해야 할지 모를 것이다. 어디서 본 건 있어서 우유를 전자레인지에 데워 강에게 내밀었다. 강이 덜덜 떨면서 우유를 받아 들었다. 내내 고개를 숙이고 있어서 몰랐는데 눈썹 바로 밑에 있는 뼈부터 반원 모양으로 멍이 들어 있었다.

　나는 기특하게도 강에게 아무것도 묻지 않고 내 침대에 눕혀 주었다. 같이 자기는 좀 뭣해서 나는 침대 밑에 이불을 깔고 누웠다. 잠들 듯 말 듯 정신이 가물가물할 때 강이 말했다.

　"아빠가 때렸어."

　강이 가끔씩 딱딱 소리를 냈다. 이가 부딪치는 소리 같지는 않았는데 어두워서 뭔지 알 수는 없었다.

　"원래 좀 때려. 근데 오늘은 술까지 많이 먹어서. 진짜 죽을 것 같아서 도망 왔어. 미안해."

　"괜찮아!"

　나는 지나치게 큰 소리로 대답했다. 갑자기 강이 발작을 일으키듯 이불 사이로 숨어 들어가 흐허헉, 이상한 소리로 울었다. 내 목소리가 너무 컸나? 나는 당황했다.

"야, 왜 그래! 괜찮아?"

"무, 문, 문 소리. 아빠가 왔나 봐. 나를 죽이려고. 아빠가 나를 죽이려고……."

나는 더욱 당황했다.

"옆집 현관문 닫히는 소리야."

주절주절 아무 소리나 막 하기 시작했다.

"옆집 아저씨는 술을 너무 좋아하더라. 아줌마한테 구박받으면서도 매일 저렇게 늦게 들어오거든. 그런데 그렇다고 옆집 아저씨가 나쁜 사람은 아니고 말하자면……."

갑자기 강이 벌떡 일어나 두리번거리더니 평소에는 존재감조차 희미했던 벽장으로 기어 들어갔다.

"야, 너 뭐 해!"

"나, 나는 신경 쓰지 말고, 빨리 자."

나는 또 어쩔 줄을 몰라 그냥 자리에 누웠다. 강이 개미 기어가는 소리로 말했다. 혹시 우리 아빠 오면 나 없다고 해 줘. 나도 숨죽여 대답했다. 당연하지.

강은 벽장 안에서 흐느끼며 또 딱딱 소리를 냈다. 더울 텐데. 나는 조심스럽게 일어나 벽장문을 열었다.

"아, 아빠 왔어?"

"아니."

눈물이 뒤범벅된 얼굴로 강이 나를 올려다보았다. 강을 끌어내리려고 그의 손을 잡았다. 따끔했다. 나는 놀라서 강의 손을 살폈다. 물어뜯을 대로 물어뜯어 반토막이 난 손톱이 톱날처럼 가시를 세우고 있었다. 손톱이 있어야 할 자리에 손톱 대신 피가 굳은 자국이 있었다.

그리고 딱 7년이 지난 지금, 강은 여전히 손톱을 물어뜯으며 길을 걷고 있다.

"……그래서 나 자퇴했잖아."

윤과 열심히 대화를 나누던 안현우의 한마디에 강이 걸음을 멈칫했다. 물론 나도 마찬가지였다. '그래서' 자퇴를 했다고? 아, 딴생각하지 말고 저 얘기를 들었어야 했는데.

"그때, 좀 재수가 없어서 경찰한테 잡혔거든. 학교에서 알더니 자퇴를 권유하더라고."

윤이 자기는 이해할 수 없다는 듯이 말했다.

"잘못한 거긴 한데, 뭐 그런 거 가지고 자퇴하라 그래?"

"우울하게 뭐 이런 얘기를 해. 딴 얘기 하자."

나는 애써 다른 화두를 꺼냈다. 듣기 시작하면 깊이를 알 수 없는 구렁텅이로 빠질 것 같은 기분이었다. 나는 강이나 안현우같이 마음속에 커다란 구멍이 있는 사람을 보면 위로하고 싶기도 하지만, 동시에 그런 이야기는 듣고 싶지 않기도 했다. 그 구멍이란 나로서는 실감이 나지 않는 공허함이기 때문이다.

이야깃거리가 떨어지자 우리 사이에 긴장감이 감돌았다. 우리는 말없이 텅 빈 골목길을 걸었다. 가로등이 일정한 간격으로 늘어서 있었다. 그리고 이 길의 끝자락에 학교가 있다.

"덥다."

30분도 안 걸었는데 이미 땀으로 뒤범벅이 되었다.

"학교다."

학교가 보였다. 학교는 지은 지 몇 년 안 된 신축 건물인데 교문이 없었다. 열린 학교, 뭐 이런 걸 지향한다고 들었다. 학교 앞에 도착하자 안현우가 어깨를 몇 번 돌리더니 후드 앞주머니에서 차량용 도색 스프레이를 꺼내 거꾸로 잡고 버튼을 눌러 가스를 뺐다. 그러곤 보도블록이 시작되는 지점부터 글씨를 쓰기 시작했다.

스프레이를 집어 든 강이 먼저 뛰어갔다. 나와 윤도 곧 그 뒤를 따랐다.

학생들이 가장 많이 드나드는 왼쪽 현관 옆 벽에 도착하자 강이 우리에게 검은색 스프레이를 하나씩 던졌다.

"뭐가 나야?"

"이게 난가?"

"이게 너다."

"아니야. 이거 같은데."

"난 상반신 없어."

윤과 내가 이렇게 병신같이 굴 동안 강은 묵묵히 자신의 하드보드지를 들고 적당한 자리에 가서 섰다. 숨을 몰아쉬느라 어깨가 쉴 새 없이 오르락내리락했다.

나와 윤도 각자 하드보드지를 들고 벽 앞에 섰다. 벽을 보고 서는 것은 처음이라는 생각이 들었다.

그리고 우린 스프레이를 잡았다. 김장용 장갑을 껴서 무뎌진 촉감으로도 벽의 요철이 기분 좋게 느껴졌다. 하드보드지를 내 팔이 간신히 닿는 곳까지 치켜들고 강과 안현우가 미리 파 놓은 홈을 따라 스프레이를 뿌렸다. 이런 기법을 뭐라고 하더라, 강이 말해 줬는데……, 아, 스텐실이다.

오묘한 냄새가 코를 찔렀다. 페인트 냄새랑은 조금 다른 것도 같고, 비슷한 것도 같았다. 칙칙한 벽 위로 수많은 검은색 점이 생기나 싶더니 곧 하나의 면이 되었다. 이것들이 이 딱딱하고 거대한 벽 위에 모여서 하나의 그림을 이루게 될 것이다. 너무 견고하고 차가워서 도저히 넘어갈 엄두가 나지 않는, 타협이라고는 불가능할 것 같은 벽에, 우리는 말을 붙이고 있다.

"야, 존나 멋있다."

순식간이었다. 허무할 정도로. 그저 미리 준비해 온 하드보드지를 대고 스프레이를 치익 뿌리니 끝이었다. 강이 한쪽 옆에 이 그림의 제목을 새겼다.

'너희가 모르는 우리의 모습'.

나는 그것을 보자마자 이제까지 내 주위를 휘감고 있던 더위와 두려움이 한 번에 가시는 것을 느꼈다.

그림 속의 우리는 이렇다. 앞머리가 없는 가지런한 단발의 윤은 우울한 표정을 한 후 담배를 물고 이렇게 말하고 있었다. '개꿀초임'. 나는 교복을 단정히 차려입은 채로 우두커니 서서 '예쁘게 좀 봐 주세요'라고 말을 하고 있었다. 담임이 기겁을 하며 싫어하는, 그래서 나의 자랑이지만 언제나 빼놓고 다닐 수밖에 없는 인더스트리얼 피어싱까지 정확하게 묘사되어 있었다. 마지막으로 강은, 상체를 벌거벗은 차림으로 눈웃음을 치고 있었다. 가슴팍에는 '걸레 아님'이라는 글씨를 새겨 넣었는데, 어쩐지 문신 같아서 섬뜩했다.

(그걸 문이라고 부를 수 있다면) 교문에서부터 여기까지 거대한 화살표를 그리고 '따라와'라는 글씨를 적어 놓은 안현우가 우리 쪽으로 가볍게 뛰어왔다. '따라와'를 보고 화살표를 따라 걸어가면 이 그림이 나오는 식이었다. 약간 거리를 두고 우리의 그림을 감상하던 안현우는 능글맞은 말투로 말했다.

"강진희 이 거짓말쟁이."

강이 느릿하게 뒤를 돌았다.

"네가 이렇게 쭉쭉빵빵하다고? 넌 그냥 젓가락……."

강이 안현우에게 스프레이를 던졌다. 얼떨결에 그걸 받아 들고 안현우가 어색하게 웃었다.

우리는 이제는 필요 없어진 하드보드지 몇 장을 거기 버려두고 다시 뛰었다. 아까 느릿느릿 걸어왔던 그 길을 전력 질주하면서 안현우가 외쳤다. 지금부터는 정말로 스피드가 중요해! 식상하지만 정확한 표현이었다.

그 말과 동시에 강이 요란하게 넘어졌다. 바구니를 내가 들고 있던 게 천만다행이었다. 빈손이던 윤이 재빠르게 강을 일으켰다. 강은 무릎을 꿇은 채로 아스팔트를 미끄러져 만신창이가 되었다. 자기 무릎을 확인한 강은 함박웃음을 지었다.

"나는 어쩐지 피만 보면 기분이 나아져."

"변태."

"피를 보면 나는 살아 있는 걸 느껴."

너 무슨 영어 직독직해하냐? 말투가 왜 그 따위야. 윤이 불평했다.

강의 무릎에서 흐른 피가 운동화 안으로 스며들었다. 우리는 대충 강을 일으켜 세운 다음 다시 뛰기 시작했다. 뒤집어쓴 후드 사이로 내 땀 냄새가 훅 올라왔다. 심장이 벌렁벌렁했다.

몇 주 전, 우리가 이 어이없는 계획을 세울 때, 강이 우리에게 보여 줬던 그 그림이 기억난다. 나는 강이 건네준 휴대폰 화면을 정신없이 확대하면서 그림에 빠져들었다.

이제까지 강이 황홀한 표정으로 보여 주던 그 어떤 그림에도 별 감흥이 없었는데 이번엔 달랐다. 강렬한 색채와 피부로 느껴지는 속도감, 스케이트보드를 타는 사람들처럼 유쾌하고 날렵한 느낌, 뭔가 모를 난해함과 참지 못해 지르는 고함처럼 거친 표현들. 그건 아름다운 것 같기도 하고 흉측한 것 같기도 했다.

역시 직접 하니까 그냥 눈으로 보는 것보다 훨씬 좋다. 강이 보여 줬던 이미지들은 되게 유명한 사람들이 한 거여서 우리는 그런 퀄리티까지는 절대 못 낸다고 했다. 우리는 그냥 스텐실을 찍고 온 것에 불과했다. 그나마도 잉크가 줄줄 흘러내렸다. 흘러내리는 잉크가 꼭 눈물 같다는 생각을 하던 중,

"근데 네가 굴다리 밑에 그렸다는 그림이 뭔데?"

윤이 안현우에게 물었다.

"너 고1 겨울에 여기 없었나?"

안현우는 심드렁하게 되물었다. 윤이 대조적으로 천진난만하고 낭랑한 목소리로 대답했다.

130

"응! 그때 미국 이모 집에 가 있었어. 우리 엄마랑 아빠가 날 외고에 편입시키고 싶어 했거든."

순간 나는 소스라치게 놀라 안현우를 바라보았다. 스프레이를 만지는 안현우, 자퇴한 안현우, 미술을 하는 안현우, 아버지를 개새끼라고 부르는 안현우, 분노하는 안현우. 내가 알고 있는 안현우에 대한 정보와 윤의 물음에 담긴 정보가 합쳐지니 놀라운 사실 하나가 머릿속에서 툭 튀어나왔다.

안현우가 심각한 표정으로 말을 이었다.

"내가 개념 없는 초글링이던 시절 배가 아파서 조퇴를 하고 집에 왔을 때 목격한 일을 그린 그림이었어. 그건 내 인생에서 가장 충격적인 사건이었지."

"아 그니까 그게 뭔데!"

생각난다. 그 그림 때문에 동네에 난리가 났다. 누가 굴다리 밑에 알록달록한 그래피티를 좀 남겼기로서니 동네가 발칵 뒤집어지고 학생이 학교에서 쫓겨났을 리는 없다. 하지만 거기에는 그럴 만한 이유가 있었다. 안현우가 아무렇지 않게 말했다.

"우리 아빠가 모르는 여자랑 섹스하는 그림."

윤이 뻐끔거리던 입을 다물었다. 상상하기 어려운 일에 대해서는 입을 다무는 편이 좋다는 걸, 나도 윤도 알고 있었다.

고2에서 고3이 되던 겨울, 우리는 여러 가지 의미로 격동의 시기를 겪었다. 고3이 된다는 부담감뿐만이 아니었다. 내 안에는, 아니 우리들 안에는 소용돌이가 일었고 그건 우리 내면을 뒤흔듦과 동시에 칼날 같은 말이 되어 상대방을 할퀴었다. 딱히 서로가 미웠던 것은 아니다. 우리 모두 겨울 나뭇가지처럼 마음이 야위었을 뿐이었다.

칼바람이 불던 겨울임에도 불구하고 우리는 우리 모두의 모교였던 초등학교 정글짐 위에 모였다. 알록달록했던 페인트가 군데군데 벗겨져 흉물스러운 모양이었다. 정글짐은 초등학교 때 우리 힘으로 올라갈 수 있는 가장 높은 곳이었다. 그때는 여기만 올라가면 세상을 가진 것 같았는데, 이제 우리는 끝도 없이 올라가길 바라고 있었다. 2등급을 바라던 마음은 1등급으로, 1등급을 바라던 마음은 상위 몇 퍼센트가 될 것인지에 대한 집착이 되었다.

그 겨울방학에 윤은 담배를 배웠다. 윤은 당연하다는 듯이 우리의 혐연권을 인정하지 않았고 우리도 딱히 그걸 신경 쓰지는 않았다. 해가 짧은 겨울, 땅거미가 진 뒤 윤은 정글짐 꼭대기에서 담뱃불을 붙였다. 강이 뒤늦게 정글짐으로 기어 올랐고 우리는 동시에 물었다.

"너 얼굴이 왜 그래?"

강은 한쪽 눈썹에 커다란 거즈를 붙인 채였다. 강은 우리 의 질문에 대답하지 않았다. 윤이 더 캐묻지 않고 자기 얘기 를 시작했다.

윤은 늦은 사춘기에 시달리고 있었다. 무엇 때문에 공부 하는지 모르겠다는 그녀의 말은, 상투적이었으나 우리 모두 가 마음 한쪽에 묻어 둔 고민이었다. 수능도 꿈을 찾아가는 긴 여정의 한 발짝에 불과한데, 모든 생각과 성찰을 수능 이 후로 미루라는 것은 말이 안 되지 않느냐며 열변을 토했다.

자기는 고민 끝에 철학과에 진학하기로 결정했고, 평생 인 문학을 사랑하겠다고 말하는 윤의 모습은 당당했다. 엄마와 아빠는 결사반대를 하고 있으나 자신은 굽히지 않을 거라고 했다.

우리 학교 전교 1등이, 아니 그 전에 내 가장 친한 친구가 아무런 꿈도 없이 인기 학과에 진학하는 것보다야 소신을 위해 싸우는 것이 훨씬 멋진 일이었다. 우리는 윤의 투쟁이 길지 않을 것이며, 윤이 느리더라도, 다소 돌아가더라도 자신만의 길을 향해 나아갈 것이라는 걸 알고 있었다. 하지만, 생각은 그랬지만, 마음은 아니었다.

"넌 참 편하게 사는구나. 그런 걸 고민이랍시고 말하고."

뜬금없이 튀어나온 강의 말에, 나도 귀를 의심했다. 강은 흥분하면 눈이 붉어졌다.

나는 그야말로 패닉이었다. 꼭 강의 막말 때문은 아니었다. 나만 꿈이 없었다. 강이야 진로가 확실했고 윤도 힘들긴 하지만 길을 닦아 나가고 있었다. 그래서, 부끄러운 말이지만 고백하는데, 나만 내팽개쳐 놓고 앞서 나가는 친구들이 야속했다. 바늘 같은 말이 나왔다. 맹세하는데 본심은 아니었다.

"사실 네가 무서워서 엄마 아빠 핑계 대는 거 아니야?"

"뭐라고?"

윤이 귀를 의심하는 듯한 표정으로 나를 바라보았다. 잠시 멍하게 있던 윤은 성을 낸다거나 너희가 어떻게 그럴 수 있냐며 소리를 지를 것이라는 나의 예상과는 달리 차분해졌다. 다만 검은색과 파란색이 얽혀 있는 담뱃갑을 꺼냈을 뿐이다. 다소 신경질적으로 필터를 깨물자 바삭거리며 뭔가 부서지는 소리가 났다.

붉게 달아오른 강의 눈이 빨간 담뱃불을 따라 움직일 뿐 우리는 말이 없었다. 떨어질 것 같지 않은 걸쭉한 기침 끝에 윤이 뱉듯이 말했다.

"그러는 니들 문제는 얼마나 대단한데?"

"내 문제? 대단하지. 어젯밤에 아빠가 내 머리채를 잡고 개같이 끌고 다니면서 발로 차더라. 난 싱크대 문에 부딪혀서 눈썹이 찢어졌고. 근데 엄마는 나보고 빨리 아빠한테 빌래. 나는 잘못한 게 없거든? 그리고 혼자 응급실에 가서 눈썹을 꿰맸어. 의사 선생님이 나보고 왜 다쳤냐고 물었어. 내가 대답을 안 하니까 눈썹은 톡 튀어나와 있어서 원래 잘 찢어진다고, 대수롭지 않은 일이래."

강이 실소했다.

"지가 뭘 안다고 대수롭지 않대?"

강은, 자기만 안다고 생각하지만 사실 우리 모두가 눈치채고 있던 손가락의 피딱지를 뜯어냈다. 채 아물지 않은 상처에서 피가 자그맣게 솟아올랐다. 강은 가만히 그걸 들여다보았다.

"너희는 아빠한테 맞아 본 적 없잖아. 널 낳은 사람이 괴물처럼 느껴진 적 있어? 난 너희 하는 말 다 투정 같아. 나, 죽고 싶어."

윤이 작지만 명확한 목소리로 말했다.

"죽을 용기까지는 없잖아."

"뭐?"

강이 눈을 흡떴다.

"세상에서 네가 제일 힘들고 괴로운 것 같지? 나도 그래. 나도 솔직히 내가 제일 힘들어. 근데 넌 그냥 가만히 있고 난 발버둥 치고 있어."

피우지 않고 가만히 들고 있던 윤의 세 번째 담배가 필터 바로 앞까지 타 들어가 있었다. 재는 윤의 운동화 위로 떨어졌다. 윤은 발을 휘저어 재를 떨어 내고 꽁초를 바닥으로 던졌다. 정글짐 위에서 풀쩍 뛰어내려 흙바닥에 떨어진 꽁초를 짓이기고, 윤은 멀어져 갔다.

나는 잠시 강을 바라보았다. 표정을 읽을 수 없었다.

물론 불행의 경중에는 개인차가 있다. 강은, 솔직히, 우리보다 더 가슴 아픈 상황에 처해 있기는 했다. 너무 힘들어서, 자기 연민과 혐오감으로 침잠하고 있을 뿐 우리가 싫어진 건 아닐 것이다. 머리로는 이해되지만 가슴으로는 아니었다. 나도 정글짐을 떠났다. 강은 혼자 남았다.

언 땅은 딱딱했다. 겨울바람은 칼처럼 옷 사이로 스며들었다. 우리는 결코 서로를 이해할 수 없다. 세상의 어떤 사람도 타인을 이해할 수는 없다. 그런 생각이 들자 소스라치게 외로워졌던, 겨울이었다.

"자, 이제 집으로 돌아가자."

우리가 만났던 그 갈림길 가로등 앞에 서서 강이 말했다. 윤이 의심스러운 눈초리로 물었다.

"그런데 하드보드지 왜 이렇게 많이 남았어? 이 아그리파는 또 뭐고?"

말하다 말고 우리는, 정확하게 말하자면 나와 윤은 어떤 예감이 들었다.

"뭐야."

"뭐긴 뭐야. 이제 나 집에 갈 거고 너희도 집에 가서 푹 자면 돼."

강은 그림 말고는 별달리 잘하는 게 없었다. 얼굴은 예쁘지만 배우는 절대로 안 될 것이다. 우리를 속이는 간단한 연기도 못 하니까. 몇 번 가볍게 윽박질러 주자 강은 제 계획을 실토했다.

"같이 가."

윤이 단호하게 말했다.

나로 말하자면 솔직히 좀 무서웠다.

"이건 학교에 낙서하는 거랑은 달라. 그건 그냥 어려서 객기 부리는 거라고 넘어가 줄 수 있지만, 이건 아니야."

"학교보다 너희 아빠가 더 나빠."

윤이 간단하게 대답했다.

"사람들은 우리 아빠가 인간인지 개새끼인지 관심 없어. 나만 패륜아 돼서 씹히는 거지."

"한 명보단 여러 명인 게 더 씹기 좋겠네."

강은 설득을 포기했다.

강이 사는 집은 빌라에 가까운 작은 아파트였다. 그곳 담장 뒤에 숨어서 강이 우리에게 아주 섬세한 부분까지 지시했다.

"너는 이걸 저 위에 올리고 빨갛게 칠해. 태그 찍고. 너는 이거 보닛에 새겨 주고. 너는 이거야."

"그럼 너는?"

"나는 현관 지붕에 올라갈 거야."

안현우가 고개를 저었다.

"네 몫이 너무 많아. 위험해."

"싫어. 내가 할 거야."

강과 안현우의 눈빛이 진득하게 맞닿았다 떨어졌다. 강의 발갛게 달아오른 눈과 악문 이가 기묘한 느낌을 주었다. 상기되었던 기분이 툭 가라앉으면서 나는 두려워졌다. 진저리를 치며 하얀 석고상을 넘겨받았다.

조심스럽게 자동차 지붕에 아그리파를 올려놓고 붉은 스프레이를 뿌렸다. 티끌 하나 없이 새하얀 무언가를 훼손하는 묘한 쾌감이 느껴졌다. 안현우는 'SORRY ABOUT YOUR CAR'라는 문구를 적었다. 윤은 보닛에 '저는 개새끼입니다'라고 정성스럽게 새겨 넣고 있었다.

비슷한 시점에 우리가 할 일이 끝났다. 그리고 우리는 약속이라도 한 듯 동시에 강을 올려다봤다.

아파트 계단을 올라가 복도의 창문을 뜯어내고 현관 위의 좁은 공간에 올라선 강은 자기 집 창문 옆에 그림을 그리고 있었다.

스텐실치고는 제법 정교한 개 그림 위에 바싹 달라붙은 화살표는 정확히 강의 집 창문을 가리켰다. 이제 '개새끼가 살고 있어요'라는 글만 새겨 넣으면 끝이었다.

갑자기 1층 창문이 드르륵 열렸다.

"거기 지금 뭐 하고 있어요?"

늦게까지 티브이를 본 건지 선잠이 들었던 건지 아니면 둘 다인지는 모르겠지만 부스스한 머리를 한 아주머니가 우리를 향해 묻고 있었다.

"뛰어내려! 우리가 받아 줄게!"

우리도 빠르게 안현우의 옆에 가서 섰다. 강은 미련 없이 뛰어내렸다. 너무 미련이 없어서 무서울 지경이었다. 우리는 강을 받아 들고 뒤로 나뒹굴었다. 가지런하던 화단이 우리 등에 뭉개졌다.

도망가기 전에 강은 빛의 속도로 아빠 차 보닛으로 뛰어올라 유리를 발로 힘껏 걷어찼다. 으, 아프겠다. 영화에서 보면차 앞 유리는 동글동글한 모양으로 잘만 깨지던데 현실에서는 깨지지 않았다. 나는 덜컹거리며 떨어지려 하는 아그리파를 간신히 붙잡아 제자리에 세워 두고(얘의 진짜 제자리는 미술 학원이지만) 도망쳤다. 체육 수행평가 시간보다 더 힘껏.

뛰기 시작한 뒤 얼마 안 되어 숨이 찼다. 예전에 수행평가로 오래달리기를 할 때 체육 선생님이 가르쳐 준 희한한 호흡법이 있었지만 잘 기억도 나지 않을 뿐더러 써먹을 만한 정신상태도 아니었다. 거인이 내 가슴을 쥐어짜고 있는 것 같은고통이 느껴졌다. 그리고 그 고통은 점점 더 악랄하게 다가왔다. 다리조차 내 마음대로 가누지 못하겠고, 배는 당기고,숨을 쉴 때마다 가슴이 아픈데 그렇다고 숨을 안 쉴 수는 없는 노릇이었다. 우리 뒤에 경찰차가 따라오고 있는 것도 아니고 이래야 할 필요까진 없지 않나. 그런데 내 앞에서 안현우와 윤이 전력 질주를 하고 있어서 나도 그냥 따라 뛰었다. 죽을 것 같다. 마라톤을 완주하고 죽었다는 그 로마인이 절실히 이해가 되는 순간이었다.

우리는 생태공원으로 입장했다. 아기자기하게 완만한 곡선을 이루고 있는 돌다리를 건너 저 멀리, 사람이 잘 오지 않는 외진 곳까지 우리는 그렇게 달려갔다. 그리고 나에게 이상한 일이 일어났다. 아까 그 끔찍했던 고통이 거짓말처럼 사라지고 어쩐지 더 달리고 싶어진 것이다. 나도 내 변덕이 이해가 안 될 정도였다.

사알짝 뒤처졌던 나는 안현우와 윤이 공원 반대편 진입로에 멈춰 있는 것을 발견하고 막판 스퍼트를 내어 그들에게 달려갔다.

우리는 머리를 맞댄 채로 하늘을 보고 드러누웠다.

"야, 굳이, 이렇게, 누워, 있어야, 하, 냐?"

윤이 숨을 헐떡거리며 말했다.

"원래, 이런 상황, 에서는, 하늘 보, 고 누워 주는 거야. 영화도, 안, 봤냐?"

하지만 영화라고 하기에는 우리의 몰골이 너무 꼬질꼬질했다. 나는 후드 티를 벗어던졌다. 땀 때문에 후드 팔 부분이 훌렁 뒤집혔다. 내가 후드를 벗는 것을 보고 윤과 안현우도 따라 벗었다. 앞머리가 젖어서 이마에 요란하게 달라붙어 있었다. 온몸이 끈적거렸다. 후끈거리던 몸이 갑자기 공기에 노출되어서 그런지 좀 추웠다. 그리고…….

"아, 모기!"

모기가 많았다. 역시 현실은 영화가 아니다.

"나 뛰어오면서 이상한 경험 했다."

뭐냐는 식으로 안현우가 나를 쳐다봤다.

"뛰어오는데, 죽을 것 같았는데, 갑자기 괜찮아지면서 기분이 존나 좋은 거야. 제이슨 므라즈가 〈I Won't Give Up〉에서 잔잔하게 노래하다가 갑자기 한 옥타브 올려서 노래할 때 감동 같은 거 느껴지잖아. 그런 기분이었다고. 너넨 안 그랬냐?"

그랬더니 윤이 또 판을 깨면서 그건 네가 사점을 넘어간 뒤 세컨드 윈드라는 상태에 도달했기 때문이고, 사점은 데드 포인트라고도 부르며, 세컨드 윈드 상태에서는 엔돌핀인지 뭐시긴지가 많이 나와서 사람들이 운동 중독에 걸리는 거라고 말했다. 아, 하여간 낭만이 없어.

"그런 건 어떻게 아냐?"

"체육 필기시험 칠 때 배웠잖아."

"너 체육도 공부하고 치냐?"

"넌 혼자 착한 척은 다 하면서, 야, 그건 옳지 못한 지식인의 자세야. 대학 가는 데 필요 없다고 무시하면 되냐?"

이렇게 윤이랑 또 싸우면서 나는 이상하게 안정된 기분을 느꼈다. 싸우는 게 일상이다 보니 일상으로 돌아왔다고 생각했던 모양이다. 그런데 안현우가 갑자기 벌떡 일어나면서 내뱉은 말에 가슴이 덜컹 내려앉았다.

"……강진희 왜 안 와?"

윤도 무언가 기묘한 기분이 들었는지 얼굴이 확 굳었다. 아마 내 얼굴도 그랬을 것이다.

그리고, 강이 도착했다. 경찰차와 함께.

어안이 벙벙했다. 도망가야 한다는 걸 알면서도 옴짝달싹 못하고 있다가 로드킬당하는 동물의 마음을 알 것 같았다. 갖가지 생각이 떠오르는 사이에 이미 안현우는 옆에 없었다.

"잘 뛰네."

"캥거루 같다."

우리는 얼빠진 눈으로 안현우를 바라보았다. 돌다리를 두 개씩 펄쩍펄쩍 넘어가는 모습을 보고도 딱히 배신감이 들지는 않았다.

우리는 멍하니 경찰차에 실려 어딘가로 이송되었다. 파출소였다. 파출소에 들어오고 나니 진짜로 두려움이 엄습했다. 영화에서나 보던 풍경 안에 내가 들어와 있다니.

우리는 의자에 나란히 앉아 질문을 받았다. 윤은 될 대로 되라는 식으로 얌전히 이름, 주소, 부모님 연락처 등을 불러 주고 있었다. 응? 부모님 연락처? 내 입은 마음과 직통으로 연결되어 있는 게 분명하다. 생각보다 말이 더 빨리 튀어나갔다.

"엄마 안 부르면 안 돼요? 제발요……."

나는 애원했다. 나를 보며 고개를 갸웃거리던 강이 어눌한 발음으로 물었다.

"엄마를 불러요?"

강은, 그사이 우리 몰래 어디 가서 마약이라도 한 게 아닐까 싶을 정도로 이상했다.

"우리 아빠는 나를 때리고 엄마는 그걸 말릴 생각이 없는데요."

듣는 둥 마는 둥 하던 아저씨가 힐끗 강을 바라보았다. 저게 사실인지, 아니면 새벽에 잡혀 온 이상한 애들이 하는 개소린지 가늠해 보는 눈치였다. 아저씨는 손을 휘휘 저어 강의 말을 끊더니 큰 소리로 물었다.

"누가 주모자냐?"

"저요."

강이 대답했다.

"전데요."

윤이 눈치를 보며 또 대답했다. 나는 겁이 덜컥 났다. 그냥 벽에 낙서 좀 했으니 반성문 몇 장 쓰고, 페인트칠 다시 하면 될 것 같았는데, 이상한 일이 일어나고 있었다.

"왜 너야. 나지."

강이 윤에게 말했다. 윤이 아저씨를 마주 보며 고개를 저었다.

"됐고. 그럼 왜 그랬니?"

이 질문엔 우리 셋 다 입을 다물 수밖에 없었다.

우리는 화가 나 있었다. 그것만은 분명했다. 우리는 무엇 때문에 그렇게 화가 났을까. 우리를 알아주지 않는 세상? 그건 너무 거창했다. 우리를 오해하는 어른들? 그건 또 너무 협소했다. 잘 모르겠다. 잘 모르겠는 게 우리의 진심이었다.

"문제가 있었는데⋯⋯."

"그게 뭐냐면⋯⋯."

"음⋯⋯ 저는⋯⋯."

우리는 무의미한 말들만 계속했다.

"이건 일종의 발버둥이라고 할 수 있어요."

강이 말했다. 저것이 그나마 가장 정확한 표현이었다.

"말로 하면 안 들어 주니까요."

아저씨는 우리를 세상에서 가장 한심한 놈들이라고 판단 했는지 우리를 그냥 긴 의자에 처박아 놨다. 윤이 쾌활하게 말했다.

"수갑은 안 채우네?"

"닥치고 반성하는 표정 지어."

나는 윤의 뒤통수를 때렸다. 윤이 속삭였다.

"쟤 봐."

윤의 눈짓이 닿은 곳에는 강이 있었다. 강은 히죽거리다 눈을 감았다가 다시 히죽거리기를 반복하고 있었다. 우리는 엉덩이걸음으로 슬슬 옆으로 피했다.

문이 열렸다. 가장 먼저 온 건 윤의 가족들이었다. 자다 말고 전화를 받자마자 뛰쳐나온 기색들이 역력했다. 특히 윤의 어머니는 평소 단정하면서도 감각적인 차림을 하고 다니는데, 오늘은 손에 잡히는 대로 걸치고 온 티가 확연히 났다. 윤의 어머니는 거의 쓰러질 기세였다. 윤의 아버지는 윤의 어머니를 부축하고, 윤의 오빠가 그 뒤를 따라 들어오고 있었다. 윤의 어머니는 아연한 얼굴을 숨기지 못한 채 두리번거렸고, 곧 윤을 발견했다.

"아이고, 아이고……."

윤의 어머니가 눈물을 줄줄 흘렸다. 드라마에 나오는 것처럼 아름답게 또르르 흘리는 게 아니라 정말 호스에서 물이 나오는 것처럼 줄줄. 쓰러질 것 같은 표정을 하던 어머니가 뒤로 휘청거렸다. 윤의 오빠가 눈치 빠르게 어머니를 부축했다.

윤은 가증스러울 정도로 상큼한 표정을 지으며 손을 반

짝, 흔들었다. 아버지는 경찰 아저씨한테로 가고 어머니와 오빠가 다가왔다.

"말 잘 듣다가 도대체 왜 이러니? 지금까지 잘해 왔잖아."

재미있어 죽겠다는 듯이 웃고 있던 윤이 돌연 정색했다.

"뭘 잘해 와? 내가 엄마 아빠 인형이야? 이때까지 뭘 잘해 와? 그냥 지금까지는 병신같이 가만히…… 내가…… 아, 짜증나."

"희선아, 우리 딸. 왜 그러는 거야? 엄마 진짜 속상해서 미치겠어. 엄마가 야자 빠졌다고 소리 질러서 그래? 학원 안 갔다고 잔소리해서? 고3 돼서 막 부담스럽고 그래?"

미치겠다. 이게 대화야?

사람들은 자기가 생각하는 만큼만 생각하고 어른들은 항상 우리를 과소평가한다. 재미있는 점은, 어른들은 늘 아이들의 문제가 별것 아니라고 믿는다는 것이다.

"그게 아니면 도대체 뭐야. 갑자기 이러는 이유가 뭐야!"

윤리 시간에 한 사람은 하나의 우주라고 배웠다. 어느 인간도 방대한 우주를 이해할 수는 없다. 그러나 사람들은 티끌만 보고 우주를 이해했다고 생각한다. 나는 피곤해졌다.

"네가 뭘 잘했다고 고개 쳐들고 대들어?"

윤의 오빠 윤영섭이 윤의 옆통수를 때렸다. 옆으로 휙 넘어갔던 윤은 고개를 털며 똑바로 앉았다. 윤은 천천히 고개를 들어 윤영섭을 바라보았다. 그러고는 곧장 윤영섭의 정강이를 힘껏 걷어찼다.

"너나 잘해."

윤영섭은 인상을 확 찌푸렸지만 곧 다시 무표정으로 돌아왔다.

"나이 처먹고 아직도 혼자서는 아무것도 못 하는 게. 너 엄마 아빠 없으면 혼자 뭐 할 줄이나 아냐? 내가 그냥 병신이면 넌 티오피야. 지금부터라도 똑바로 살아."

그들은 싸우기 시작했다. 윤영섭은 엄마 아빠의 말이 가장 합리적이라고 말했고 윤은 지랄하지 말고 주체적으로 살라고 했다.

그리고, 올 것이 왔다.

엄마가 들어왔다. 작은 잘못을 저질렀을 때는 엄마의 다리에 매달려 싹싹 빌면 됐는데 지금은 어떻게 해야 할지 몰라서 그냥 고개를 숙이고 있었다. 슬쩍 눈동자만 굴려 상황을 보니, 엄마는 경찰 아저씨에게 불려 가 뭔가 이야기를 나누고 있었다. 나를 한 번도 쳐다보지 않았다. 화가 났겠지? 뭐라고 해야 하나.

문이 열리는 소리조차 없었는데 강의 어머니가 강의 팔꿈치를 잡아 일으키고 있었다. 무언가에 쫓기는 사람처럼 주위를 두리번거리며 강을 끌고 파출소 밖으로 나가려고 했다. 경찰 아저씨가 강의 어머니를 붙들었다. 아마 어떤 절차를 밟아야 한다는 이야기를 하는 듯했다.

강의 어머니는 몇 번이고 고개를 숙였다. 강은 멍하니 어머니의 뒷모습을 바라보고 있었다. 윤과 윤의 가족은 뜨거워서 델 것 같았고, 강과 강의 어머니는 차가워서 얼어붙을 것 같았다.

강의 어머니는 사태를 대충 정리하고 나서야 강에게로 왔다. 강이 먼저 입을 열었다.

"아버지는 왜 안 왔어? 나 아버지 전화번호 불러 줬는데."

"넌 아버지 감당 어떻게 하려고 이 난리를 쳐."

강의 어머니는 이 자리에 있다는 것 자체가 수치스러운지 목소리를 낮추고 얼굴을 붉혔다.

"먹여 주고, 입혀 주고, 다 해 주는데 도대체 뭐가 문제여서 말썽이야. 네가 학비 걱정을 해, 집안 살림 걱정을 해. 내가 니 나이 때는 이렇게 말썽 부리는 것도 사치였어."

강은 묵묵히 어머니를 올려다봤다. 그리고 가볍게 고개를 갸웃거렸다.

"엄마."

강이 제 어머니를 빤히 바라봤다.

"나 문제 많아. 알잖아."

진저리를 치던 강의 어머니가 퍼뜩 표정을 관리했다. 강이 눈을 감았다. 강의 어머니가 다시 경찰 아저씨에게 가서 연신 사죄를 했다.

그 무렵, 돌아온 윤의 아버지는 나와 강의 얼굴을 번갈아 가며 관찰했다. 나는 그 시선을 피했고 강은 피하지 않았다. 그러곤 나와 강 둘 중 누구에게 하는 건지 불분명한 태도로 말했다.

"너희 희선이 친구들 맞니? 우리 희선이랑 친한 애들이면……."

그러곤 말꼬리를 흐렸다. 윤이 말했다.

"모르겠지? 엄마 아빠는 내 친구 이름 하나 못 대지?"

윤이 양쪽으로 고개를 갸웃거렸다.

"나는 이해가 안 돼. 나를 엄마 아빠가 원하는 인형처럼 키워서 사람들한테 전시하고 싶은 거야. 아니면 내가 너무 멍청해서 혼자서는 아무 결정도 내릴 수 없을 거라고 생각하는 거야?"

강의 어머니가 역정을 냈다.

"저기요. 애 때문에 파출소 불려 온 거 동네 소문낼 일 있어요? 여기서 빨리 나가야지. 친구든 아니든 그게 뭐가 중요해요?"

강이 여러 가지 감정이 얽힌 표정으로 엄마를 봤다. 파리한 안색이, 금방이라도 쓰러질 것 같았다. 모두들 제정신이 아닌 것 같았다. 완전히 아수라장이었다. 우리는 서로 다른 이야기를 하면서 싸웠다. 보다 못한 경찰 아저씨가 빨리 나가라고 소리를 지르기 전까지.

집으로 돌아가는 차 안에서 나와 엄마는 한마디도 하지 않았다. 엄마는 마음이 복잡했고 나는 할 말이 없었다. 그래도, 지금은 내가 엄마한테 용서를 구하는 게 맞는 것 같았다. 입이 잘 떨어지지 않았다.

"엄마."

"이따가 얘기하자."

엄마가 주차장에 조심스럽게 차를 대는 동안 나는 그저 손가락 끝만 만지작거렸다.

"너한테 내가 할 말이 뭐가 있겠니."

눈치가 빠른 편이라고 자부하며 살아왔다. 그런데도 오늘의 엄마는 도무지 화가 난 건지, 슬픈 건지, 또는 나와 말을 하고 싶은 건지, 하기 싫은 건지 분간이 되지 않았다. 나는 여전히 고개를 숙인 채 잠자코 있었다.

"엄마랍시고 너한테 해 준 게 뭐가 있다고."

나는 퍼뜩 고개를 들어 엄마를 바라보았다. 엄마의 어조는, 후회나 슬픔과는 거리가 멀었다. 그냥 남의 이야기를 하듯 건조한 목소리였다.

"세상에 네 가족이라고는 달랑 엄마 하나뿐인데, 엄마라는 건 종일 밖에 있으니."

엄마는 가만히 눈을 감았다. 나는 아니라고 말하고 싶었지만 목소리가 나오지 않았다. 어쩌면 내 마음속에는 모든 마음의 상처와 나를 둘러싼 사소한 불행의 책임을 엄마에게 떠넘기고 싶은 마음이 도사리고 있었는지 모른다. 깊은 한숨이 이어졌다.

"이런 이야기를 너한테 하는 게 무슨 소용이 있겠니."

이 말을 마지막으로 차 안에는 불쾌할 정도로 끈끈한 정적이 맴돌았다. 우리는 또 아무 말도 하지 않고, 차에서 내리지도 않은 채로 가만히 있었다. 그리고, 엄마가 입을 열었다.

그건 하지 말았어야 할 말이었다. 너무 작아서 잘 들리지도 않는 소리였지만 나는 똑똑히 들었다. 되새기기도 싫을 만큼 나쁜 말. 나는 잊어버릴 거다. 꼭 잊어버릴 거다. 나는 저런 말을 들은 적이 없다. 이제까지 나를 오해하고 곡해하고 자기 마음대로 생각하던 사람들이 내뱉었던 어떤 말보다 상처가 되는 말.

나는 엄마를 노려보았다. 머릿속이 차갑게 식는 것도 같고 뜨겁게 끓어오르는 것도 같았다. 차문을 부서져라 닫으며 뒤도 안 돌아보고 뛰어갔다. 그래. 뛰자. 뛰다 보면 죽을 것같이 가슴이 옥죄어 오다가, 또 아까처럼 행복한 해방감이 찾아오겠지. 그거 말곤 내가 할 수 있는 일이 없기도 하고.

골목길을 달렸다. 어디까지 뛰어가야 아까 같은 기분이 들까. 그러나 아파트 단지를 지나, 골목길을 벗어나고, 큰길을 달릴 때까지도 그것은 찾아오지 않았다. 나는 초등학교의 운동장, 작년 겨울 우리가 올랐던 정글짐 위로 올라갔다.

나는 아빠가 없다. 아빠가 없다는 것이 부끄럽다거나, 그것이 나한테 어떤 악영향을 끼친다고 생각해 본 적은 없었다. 아홉 살에 사고로 아빠가 돌아가셨고, 엄마는 씩씩하게 살면서 나를 키웠다. 요즘 같은 세상에 아비 없는 자식이라고 대놓고 손가락질하는 사람은 없지만 사실 알게 모르게 기분 나쁜 동정과 편견 속에서 나는 자랐다.

하지만 이제 괜찮았다. 괜찮은 지는 꽤 되었다. 나는 온전하다. 나는 아무것도 잃어버리지 않았다. 아빠와의 기억은 낡은 앨범 속 평화로운 사진처럼 내 마음에 남아 있다. 짧은 시간밖에 함께하지 못했지만 우리의 추억은 사랑, 그 자체로 남아 있고 나는 그걸로 족하다.

남 얘기 좋아하는 사람들이 어떤 소문을 내고 다니는지

뻔히 알고 있다. 아빠가 없고 엄마는 집에 잘 안 들어온다더라. 우리에 대한 티끌만 한 사실 하나로도 소설 한 권 분량의 무성한 소문을 지어낼 수 있는 게 인간들이다. 그 결과, 나는 결코 엇나간 적이 없음에도 불구하고, 부족한 가정환경 속에서 사랑과 관심을 받지 못해 엇나간 비행 청소년의 전형이 되어 있었다.

내가 너무 병신 같다. 그런 말이나 해 대는 엄마도 짜증 난다. 세상 모두가 그렇게 말해도 엄마만은 그러지 말았어야 했다.

무슨 생각을 해도 아까 엄마의 그 말이 귓가를 떠나지 않았다.

"애비 없는 자식이라 그렇다고 또 남들 입방아에 오르내리고 싶어?"

털어놓지 않으면 뺑 터져 버려 내 자신이 망가질 것 같은 마음에 자고 있을 엄지연에게 무작정 메시지를 보냈다.

나너무짜증나

진짜

나지금집에도못들어가고

혼자밖에있어

　너 오늘 학교 좀 일찍 오면 안 돼?까지 입력했다가 지워 버렸다.

　엄지연은 오늘도 늦잠을 잘 거고, 늦게 일어나서 내 메시지를 보면, 그 성격에 나한테 엄청나게 미안해할 거다.

　나는 정글짐 꼭대기에서 발버둥을 쳤다. 몸이 휘청거렸고 따라서 내 마음도 철렁거렸다. 나는 한참을 그러고 있었다. 동이 트고, 잠이 덜 깬 사람들이 하나둘 밖으로 나올 때까지. 그래 봤자 한 시간 남짓이었지만.

　교복을 입은 아이들이 하나둘 등교를 시작할 때, 나는 그들을 역행해 집으로 돌아갔다. 집에서 교복으로 갈아입고 학교로 가는 내내 마음이 어수선했다.

학교에 들어서자마자 아이들이 벽의 그림을 보고 웅성이는 게 보였다. 가방을 벗어 놓고 나와서 다시 보는 아이, 들어가려다 멈춰 서는 아이, 가까이서 보는 아이, 멀리서 보는 아이 들로 제법 인산인해였다. 나는 벽에 눈길 한 번 주지 않은 채 교실로 향했다.

교실에 들어서자 다들 아무렇지 않은 척하면서 나를 힐끔거렸다. 이해할 수 없다는 눈빛도 있었고 징그러운 벌레를 보는 듯한 눈빛도 있었으며, 아무 생각이 없어 보이는 아이들도 있었다.

그 와중에 엄지연이 반갑게 나를 맞았다.

"야, 어제 썰 좀 풀어 봐. 니 얘기 들으려고 존나 일찍 학교 왔어, 내가."

호탕하게 제 가슴을 팡팡 치는 엄지연을 보고도 도무지 웃음이 나오지 않았다. 내 흉흉한 표정을 본 엄지연이 들뜬 기색을 누그러뜨리며 무슨 일이냐고 물었다. 나는 간밤에 있었던 일을 소상히 다 말했다. 엄마가 나한테 한 말까지 모두.

다 들은 엄지연은 딱 한마디를 남겼다.

"상황 한번 좆같네."

나는 깊이 동감했다.

"3학년 4반 박수현, 박수현 학생. 지금 학년 교무실로 옵니다. 다시 한 번 알립니다. 3학년 4반의 박수현 학생, 지금 학년 교무실로 옵니다."

교무실 문을 열고 들어갔다. 안은 난리였다. 아마 이 사건의 주인공이 나와 엄지연이라면 이렇게까지 혼란스럽지는 않았을 것이다. 파출소까지 다녀왔으니 분명히 징계위원회가 열릴 거고, 우리는 이리저리 불려 다니며 사건의 경위와 동기에 대한 연설을 해야 할 것이다. 또 학교에서 내리는 어떤 처벌에도 응할 것이라는 각서를 쓰고 담임과 부모님 그리고 자신의 인장을 찍어야 할지도 모른다.

교무실 안에 이미 윤과 강이 와 있는 게 보였다. 그 둘은 각자의 담임 앞에 불려 가 서 있었는데, 그 꼴이 참 볼만했다. 나는 이리 오라는 오지랖의 손짓에 그 앞으로 다가갔다. 오지랖은 나를 보고 잠시 아무 말도 하지 않았다. 나는 오지랖이 생각을 정리할 시간을 주면서, 내 옆쪽에 있는 윤의 대화를 엿들었다. 윤의 담임이 윤에게 허탈한 목소리로 중

얼거렸다.

"선생님은 네가 그럴 애가 아니라고 생각했는데……. 그래, 이유나 들어 보자. 도대체 왜 그런 거야? 아니, 전화를 받고도 내가 믿을 수가 없어서……. 누가 너 사칭한 거 아니니?"

"아니요."

그러자 갖은 추측이 쏟아졌다.

"어머니가 잔소리 많이 하셨니? 집에서 옥죄는 편이야? 부담이 되었니? 하지만 너 평소에 그런 걸로 스트레스받지 않는 편이었잖아. 게다가 너는 공부도 잘하고……."

윤의 담임이 고개를 절레절레 흔들었다.

"하긴, 공부를 잘하는 애들이 성적 때문에 더 스트레스받더라. 네 안에 억눌려 있는 걸 밖으로 표출하고 싶었어? 아니면 엄마 아빠 반성 좀 하라고 그런 거야?"

추측을 한다고는 하는데, 윤의 엄마가 파출소에서 했던 말과 별반 다르지 않았다. 새삼 어른들의 창의력이 거기서 거기라는 사실을 깨닫지 않을 수 없었다.

"아니요."

윤이 짤막하게 대답했다. 이렇게 말하면 눈물이라도 흘리거나, 잘못했다고 빌거나, 제 마음속에 있는 얘기를 줄줄 내뱉기라도 해야 하는데 윤은 무성의한 얼굴로 마냥 '아니요'만 반복했다. 그 대답 때문에 담임은 더더욱 울화통이 치미는 것 같았다.

"그럼 도대체 왜 그런 거야. 너 원래 말썽 피우는 애 아니잖아. 내가 너를 모르니? 나, 네 담임이야. 나한테라도 속 시원히 얘기를 해야지."

"선생님."

담임은 윤이 제 얘기를 꺼내려는 줄 알고 기대감에 찬 눈빛을 보냈다.

"저도 저를 잘 모르겠는데, 선생님이 저를 어떻게 아시는지 참 궁금하네요."

그 말이 기폭제가 되었는지, 윤의 담임이 노발대발 화를 내기 시작했다. 나는 물끄러미 그 광경을 보고 있었는데, 고개를 슬쩍 돌려 보니 오지랖도 그걸 보고 있었다. 오지랖도 처음 볼 것이다. 전교 1등의 일탈 장면.

"진짜 늬들이 그랬나."

몇 시간째 엄마의 말이 귓가에 맴돌고 있어서 아무 말도 하기가 싫었다.

"대답하기 싫나."

어쩐지 오지랖은 나에게 화를 내지 않았다. 나는 흘러내린 앞머리 사이로 오지랖을 훔쳐보았다.

"증거만 없지 니들이 그런 걸 누가 모르노."

오지랖이 끝을 잘근잘근 씹어 모양이 불분명해진 종이컵을 들어 커피를 마셨다.

"근데."

눈이 마주쳤다.

"어째서 그랬는데. 여 앉아서 설명 좀 해 봐라."

진짜 그게 궁금할까. 내 생각엔 아닌 것 같았다.

"여기선 말하기 좀 그렇나?"

나는 끊임없이 의심했다. 오지랖의 달래는 듯한 목소리도 모두 가식일 것이다. 엄마도 나를 저버렸는데, 내가 누구를 믿어야 한다는 말인가.

"상담실로 갈……."

그때,

"너 선생님 말 듣고 있기는 하니!"

날카로운 목소리가 교무실을 쩌렁쩌렁하게 울렸다. 정어리가 소리를 친 것이다. 모두의 시선이 그리로 집중되었다.

"듣고 있어요."

반면 강은 데면데면한 태도로 일관했다. 강은 무심히 제 손톱을 내려다보고 있었다.

"그렇게 냉소적인 척해서 멋있어 보이고 싶겠지. 그래, 이해한다. 네가 워낙에 안 좋은 꼴을 많이 당하다 보니까 네 안에 있던 폭력성이 고개를 조금씩 드는 거야."

화를 억누르는 듯 목소리를 가라앉힌 정어리가 말했다.

"이게 다 무슨 꼴이니."

정어리는 어떻게든 강을 회유해 보려고 했는데, 강은 그 모든 말을 귓등으로도 듣지 않았다. 정어리는 완전히 폭발해 버렸다.

"무슨 말이라도 좀 해 보란 말이야!"

이 와중에 교무실 문이 열리고 한 무리의 아이들이 들이닥쳤다. 종이 뭉치와 USB 따위를 잔뜩 들고 있는 게 딱 봐도 입학사정관 전형을 준비하는 아이들이었다. 그 아이들은 여기저기 형광펜 표시와 지운 자국과 덧붙인 글자 등이 잔뜩 보이는 종이 뭉치를 까닥이며 우리를 불만스럽게 쳐다보았다.

교무실은 꼭 어제의 파출소 같았다.

정어리는 여전히 고래고래 소리를 지르고.

"뭐라고 말을 해야 내가 알 거 아니야! 너 선생님 무시하니?"

옆에 앉은 나이 많은 선생님이 정어리의 팔뚝을 어루만지며 그를 말렸다.

나와 오지랖은 그냥 딴청을 부리며 이따금씩 서로의 눈치를 보고 있었다.

윤과 그의 담임은 뭐라고 끊임없이 토론을 하고 있었다.

"내가 네 담임인데, 응? 내가! 너를 알지! 그럼 또 누가! 너를 아니!"

"그건 선생님 생각이죠. 전 경영학과 가기 싫고 철학과 가고 싶은데, 선생님은 제가 경영 떨어질까 봐 하향 지원하는 거라고 생각하잖아요."

"그게 맞으니까! 원래 입시 때 되면 애들 다 쫄아서 그러는 거 아니까! 나중에 다 후회한다고!"

"아, 말이 안 통하네, 진짜."

방금 교무실로 들어온 아이들은 저마다의 담임을 찾아가서 마감일이 코앞이니까 어서 자신의 자소서를 봐 달라고 보챘다.

"선생님, 학생 원서가 중요해요, 아니면 학교 벽이 중요해요? 학교 벽은 나중에 페인트칠하면 되지만 자소서 마감은 당장 모레 다섯 시란 말이에요!"

이마를 싸쥐고 있던 1반 선생님이 와서 우리에게 A4용지와 펜을 내밀었다. 경험상 이것은 경위서를 쓰라는 뜻이다. 윤은 장소를 물색하는 듯 고개를 두리번거리다가 교무실 한쪽에 있는 테이블로 다가갔다. 으이그, 역시 대접받으면서 학교 다닌 애들은 주제 파악을 못 한다.

1반 선생님이 뚜벅뚜벅 걸어가 윤의 머리에 꿀밤을 한 대 강하게 먹이더니 복도에 나가 꿇어앉아서 쓰라고 했다.

우리는 복도로 쫓겨나 사이좋게 꿇어앉았다. 경위서는 제쳐 두고 우리는 수다를 떨었다.

"야, 어제 새벽에 대박 사건."

나는 윤과 강에게 어젯밤 엄마가 나한테 했던 이야기를 구구절절 늘어놓았다.

"진짜 대박이다."

"너 그럼 어디 있었어?"

"갈 데도 없고, 뭐, 그냥 초등학교 운동장에 있었어."

"헐. 불쌍해."

내내 안 좋았던 기분이 점차 나아지고 있었다. 해결책이 나온 것도, 엄마랑 화해를 한 것도 아닌데 머릿속에 꽉 끼어 있던 안개가 서서히 걷혀 나가는 듯했다.

갑자기 우리 앞에 까만 삼선 슬리퍼 하나가 등장했다. 우리는 일제히 고개를 들었다.

"으하하. 내가 너희들 이러고 있을 줄 알고 화장실 보내 달라 그래서 나왔지."

당연히 엄지연이었다. 우리는 신경조차 쓰지 않고 다시 수다를 떨었다.

"야, 내가 더 대박 사건."

"얘들아, 나한테 인사라도 해 줄래?"

강이 아랑곳 않고 흥분해서 떠들기 시작했다.

"어제 그러고 집에 갔더니 아빠가 존나 벼르고 있는 거야.

또 내 머리채 잡고 개처럼 끌고 다니면서……."

강이 침을 꿀꺽 삼켰다.

"나한테 막 개 같은 년이라고 소리를 지르면서 길길이 날뛰는 거야."

"흐어."

"그래서 개에 빙의해서 아빠 손등을 물어뜯어 줬어."

우리는 자지러지게 웃으며 박수를 치고 복도를 막 굴러다녔다. 엄지연도 합세했다. 강은 더욱 더 신이 나서 목청 높여 떠들었다. 막 피도 났어! 내 잇자국이 남았다고!

그리고 1반 선생님이 나와서 우리에게 꿀밤을 무려 세 대씩 먹이면서 너희는 도대체 반성이라는 걸 모르냐고 잔소리를 했다. 선생님이 엄지에게 엄지연, 너는 뭔데 여기 있냐고 꿀밤을 때리려고 하자 엄지는 화장실 가는 중이었다며 잽싸게 내뺐다.

선생님이 다시 교무실로 들어가자마자 우리는 경건한 마음가짐으로 허리를 숙여 경위서를 쓰……는 둥 마는 둥 하면서 속삭였다.

"지금, 상황이 어떻게 돌아가는지는 잘 모르겠는데. 넌 엄마랑 싸우고, 난 별일 없었고, 강은 개가 됐는데."

여기까지 말하고 나서 우리는 또 숨죽여 웃었다.

"그런데 뭔가 기분이 좋아."

그럼, 그럼. 우리는 고개를 끄덕였다. 우리는 땀을 뻘뻘 흘리면서 경위서를 썼다.

그래. 이 정도면 됐다니까.

5

**우리는
춥지 않다**

그리고 나서도 우리는 한참을 더 시달렸다. 우리가 도통 입을 열 생각을 안 하자, 징계위원회는 그냥 우리를 교내봉사에 처하기로 결정했다. 정말 내 인생에서 최고로 힘든 교내봉사였다. 학교는 죄인이라 찍소리도 못하는 일꾼을 얻은 김에 학교 구석구석에 있는 묵은 때를 모두 제거하려는 속셈인 것 같았다. 열흘 만에 살이 3킬로그램이나 빠졌다. 강제 다이어트가 따로 없었다.

강은 패기란 이런 것이라는 걸 몸소 보여 주고 다녔다. 미술 학원에서 자기를 욕하는 애들한테 '걸레라니, 듣는 모쏠 기분 좆같으니까 개소리 좀 하지 마'라는 명언을 남겼고, 옆에 있던 안현우는 빵 터졌으며, 강이 모쏠이라는 사실이 갑자기 전파되면서 그것은 또 그것대로 수치스러운 소문이 되었다. 그리고 정확한 이유는 알 수 없으나 네 명 안팎의 아이들이 강에게 와서 그간 미안했다며 사과했고, 또 다른 뒷담화의 주인공이 된 김경은은 결국 학원을 옮기고 말았다. 강의 아버지는 여름이라 장갑을 끼지도 못하는 손등에 동그란 잇자국을 달고 다녔다. 밴드를 붙이기도 어려운 자리였다.

나는 엄마와 화해했다. 뜨거운 눈물을 한 줄기 흘리며 서로 껴안고 '내가 잘못했다, 딸아' '아니어요, 어머니, 제 잘못인걸요' 한 것은 아니었다. 그냥, 집에 가니까 오랜만에 엄마가 집에 와 있었고, 학교는 잘 갔다 왔냐며 어색한 인사를 건넸다. 나는 괜찮았다고 대답했다.

덧붙여 오지랖은 정말로 우리의 말을 들을 준비가 되어 있는 사람이었다. 가기 싫다고 반항하는 나를 오지랖은 화려한 언변으로 구슬려 상담실로 데려갔다. 그러고는 내가 생각해도 두서없고 말도 안 되는 이야기를, 인내심 있게 들어 주었다. 그 일로 인해 오지랖에 대한 호감도가 10 정도 상승했다.

어쩌고저쩌고하다가 일이 마무리되고 나니 수능이 훌쩍 다가와 있었다. 윤의 기행에 백기를 든 윤의 가족들은 결국 인문대학에 원서를 내는 것에 합의했다. 그러나 수능이 다가올수록 멘탈에 금이 가기 시작하던 윤은 결국 정신줄을 놓고 어차피 12월에 지구가 멸망하니까 수능 공부는 하지 말자는 개소리를 하기 시작했다. 강은 부럽게도 특별 전형으로 미대 하면 딱 생각나는 그 학교에 붙어서 남들이 수능 때문에 벌벌 떨 때 자기가 다니던 미술 학원에서 초등학생들을 가르치는 아르바이트를 시작했다.

지금 우리는 야자를 마치고 집에 가는 길이다. 우리가 학교에 낙서를 하고 강의 집으로 갈 때 달렸던 바로 그 길이다. 달라진 게 있다면 이제 더위는 모두 가셨고 코트 깃을 여미고 다녀야 할 시기라는 것 정도. 강은 할 일도 없으면서 굳이 우리를 약 올리기 위해서 야자를 했다.

"심심한데 사고 싶은 거 대기 할래?"

뻔하지만 공감되는 목록이 이어졌다. 귀고리, 예쁜 코트, 킬힐, 새 가방. 윤이 말했다. 난 커플링.

"양손에 하나씩 끼게?"

여느 때와 똑같은 나날들이었다.

우리를 지켜보던 모든 사람들은 우리가 '그래서' 어떻게 되었는지를 몹시 궁금해했다. 그래서 우리의 결말이 뭐냐고 묻는다면? 우리의 결말은 결말 없음이다. 별로 달라진 건 없었다. 이걸 계기로 엄마, 아빠, 선생님, 친구들 등등이 '그래, 우리가 너희를 잘못 보고 있었구나. 미안하다'라고 해 줄 걸 기대한 것은 아니다. 이런 사소한 해프닝 하나로 사람이 변할 리가 없기 때문이다(오히려 우리가 미쳤다고 생각하겠지). 우리가 이 사건을 계기로 어른으로 성장하게 된다는 가식적인 결말은 더더욱 우리가 원한 것이 아니다. 그것은 완전 지양한다(굳이 지양이라는 단어를 쓴 것은 절대로 내가 어제 언어 모고 쓰기 문제에서 지향과 지양을 구분하는 문제를 풀었기 때문은 아니다, 절대).

그 일 이후, 당연하게도 우리는 각종 구설수에 올랐다. 곧 땅을 치고 후회할 일을 벌였다고 말하는 사람도 있었고, 그렇게라도 뭔가를 해소하고 싶었을 거라고 말하는 사람도 있었다. 그 모든 이야기의 공통점은 열아홉을 어른이 되기 전에 들렀다 가는 기항지처럼 여긴다는 것이다.

어쨌든 우리는 그냥 그렇게 살고 있다. 평소와 똑같이 수능을 준비하고, 수능이 끝나면 어떻게 보람 있게 놀 것인지 계획을 세우고, 사고 싶은 것의 목록을 만들고, 목표 대학에 진학한 이후의 꿈같은 캠퍼스 생활을 상상하면서. 전국의 보편적인 열아홉과 비슷하게.

우리는 열아홉이다. 젊다고 하기엔 어리고, 어리다고 하기엔 나이가 너무 많다. 세상이 너무 어둡고 축축해서 살아갈 가치가 없다고 말하기엔 누려 보지 못한 세상이 너무나 넓었고, 세상이 마냥 아름답고 행복한 곳이라고 여기기엔 너무 많은 것을 알아 버린 나이였다. 누가 뭐라든 우리는 열아홉이다. 어리석은 열아홉도, 철없는 열아홉도, 혼자서는 아무것도 할 수 없는 열아홉도 아닌 그냥 열아홉.

시리지만 상쾌한 밤공기에 나는 옷깃을 여미었다.

그래, 춥지 않다. 우리는 춥지 않다.

작가의 말

　(고등학교를 졸업한 지 채 1년도 되지 않았지만) 돌이켜 보면 고등학생 때의 저는 굉장히 까탈스럽고 예민한 사람이었습니다. 싫은 것투성이였어요! 수능은 당연히 싫었고, 수능을 잘 봐야 한다는 건 더더욱 싫었고, 어른들은 이유 없이 싫었습니다. 세상에는 제가 너무나도 싫어하는 존재들이 조각난 도자기처럼 흩어져 있고 그것들이 사방에서 예고 없이 저를 공격한다고 생각했어요. 그 조각을 모두 모아 싹 없애 버리고 싶다는 마음으로 쓴 게 바로 『아는 척』입니다.

　불순한 동기였죠. 하지만 만약 이 글이 없었더라면 고등학생이었던 제가 했던 생각과, 느꼈던 감정은 존재한 적조차 없

던 것이 되었을지 몰라요. 부디 이 이야기를 읽으며 여러분
의 마음과 저의 마음이 서로 삐걱대기도, 맞물려 돌아가기
도 하기를 바랍니다.

　누군가의 책꽂이에 제가 떠든 이야기가 작은 공간을 차지
하게 될 것을 생각하니 수줍으면서도 벅찹니다. 하지만 전 보
다 원대한 야망을 가지고 있어요! 전 제가 쓴 책이 여러분의
책꽂이에서 야금야금 늘어났으면 좋겠다는 인생의 목표를
가지고 있습니다. 아무쪼록 여러분, 다음에 꼭 다시 만나요!

2013. 9.
최서경

아는 척

ⓒ 최서경 2013

1판 1쇄 2013년 10월 10일 | 1판 11쇄 2023년 11월 6일

지은이 최서경 | 책임편집 엄희정 | 편집 남지은 원선화 이복희 | 디자인 이지선
마케팅 정민호 서지화 한민아 이민경 안남영 왕지경 황승현 김혜원 김하연 김예진
브랜딩 함유지 함근아 고보미 박민재 김희숙 박다솔 조다현 정승민 배진성
저작권 박지영 형소진 최은진 서연주 오서영
제작 강신은 김동욱 이순호 | 제작처 영신사
펴낸곳 (주)문학동네 | 펴낸이 김소영 | 출판등록 1993년 10월 22일 제406-2003-000045호
주소 10881 경기도 파주시 회동길 210
전자우편 kids@munhak.com | 홈페이지 www.munhak.com
카페 cafe.naver.com/mhdn | 인스타그램 @kidsmunhak
트위터 @kidsmunhak | 북클럽 bookclubmunhak.com
대표전화 (031)955-8888 | 팩스 (031)955-8855
문의전화 (031)955-3576(마케팅) (02)3144-3236(편집)

ISBN 978-89-546-2257-8 03810